- 민병완 수필집 -

어둠에도
눈부신
노을

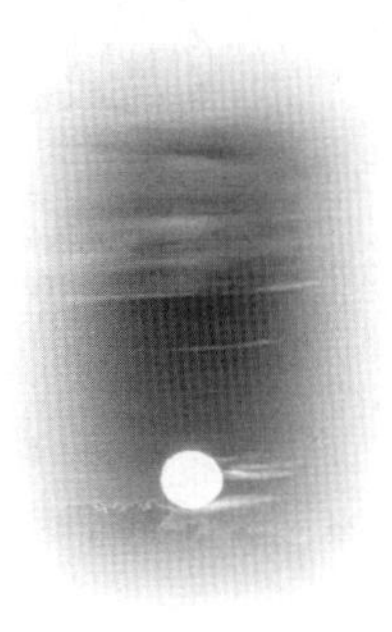

문학사계

머리말

나는 소녀 시절부터 문학을 향한 꿈을 안고 살아왔습니다. 뛰다 지치면 쉬고 걷기를 반복하다 보니 그 길이 너무 오래 걸렸습니다. 이제 긴 터널을 빠져나온 기분입니다. 오랫동안 꿈꾸어 왔던 나의 소망이 이루어져 오늘에서야 뒤늦게 처녀 수필집을 출간하게 되었습니다.

새해를 맞이하자마자 이 수필집을 세상에 내놓게 되니 마음이 매우 설렙니다. 어린 시절부터 겪은 삶의 경험들이 독자의 마음에 공감이 가고 울림이 되었으면 좋겠습니다. 그동안 시집 두 권을 출간하며 시 밭 경작에만 몰두하다 뒤늦게 문예지 여러 곳에 흩어져 있는 글들을 모아 한 권의 수필집을 엮었습니다.

수필 쓰기란 농사일과 다르지 않다고 생각합니다. 농부가 경작할 때 물과 비료를 주고 잡초를 제거하는 것은 곧 수필을 쓰고 퇴고를 거듭하여 좋은 작품을 탄생시키는 것과 같다고 여겨집니다. 이렇게 글을 쓴다는 것은 나에게 큰 위안이 됩니다. 물 흐르듯 담담한 마음으로 살아가는 수심강정水深江靜의 원동력임을 실감합니다.

남편이 세상을 떠난 지 2주년이 되었습니다. 집안에 그이가 없는 빈자리가 생각보다 큽니다. 생전에 더 좀 잘해 줄 걸 하는 아쉬움만 남습니다. 오랫동안 공부하는 아내의 학부모 노릇 하느라 고생했던 결실을 이제야 보게 되었는데…, 그이가 곁에 있다면 얼마나 좋아할까 하고 생각하니 한없이 그립습니다.

이 수필집을 남편에게 먼저 올리고자 합니다. 그리고 이 누이를 늘 자랑하다가 먼저 간 남동생에게도 이 글을 올립니다. 동생과 남편이 그곳에서도 마음껏 축하해 주리라 믿습니다.

끝으로 이 자리에 오기까지 세밀하게 작품을 지도해 주신 황송문 교수님께 사의를 표합니다. 뒤에서 응원해 주고 격려해 준 자식들과 동생들에게도 고마움을 전하며, 여기까지 오도록 힘을 실어준 분들께 감사를 드립니다.

2024년 설날, 글 밭에서

계령 민병완

“

글을 쓴다는 것은 참으로 용기가 필요한 작업이라 생각합니다. 겹겹이 걸친 허울의 옷을 과감하게 벗어 던지고 저의 삶을 올올이 풀어내야 하는 용기.

”

목차

1부 뜨개질하는 삶

2부 목화솜 이불의 향수

3부 어머니의 부엌

4부 후회의 계절에

5부 세월은 못 이겨

제1부

뜨개질하는 삶

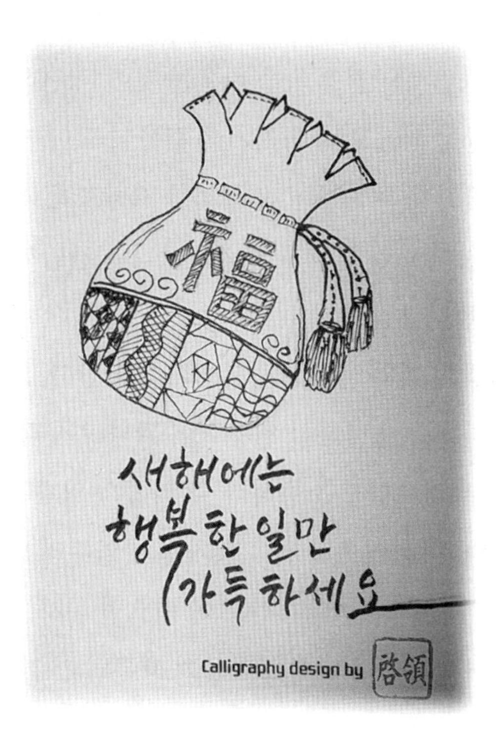

아침 한 술

아들아이는 우유만 한 컵 마시고 출근했다. 밥을 한 술이라도 뜨고 갔으면 좋으련만 막무가내다. 점심과 저녁은 잘 먹는다면서 아침엔 속을 비우는 것이 더 편하다고 한다. 이제는 습관이 되었고 나도 거기에 적응이 되어 가는 듯하다. 그런데 어미인 나는 하루에 밥 세끼를 꼬박꼬박 먹는다. 남편이 오랜 세월 당뇨와 친하게 지내다 보니 시간밥까지 철저히 챙겨 먹게 된다.

밥은 사람의 피와 살이며 생명이기에 고맙다. 그 중에서도 아침밥은 하루를 출발하는 원동력이 된다고 생각한다. 밥은 이 세상 그 무엇보다도 소중하다. 우리들의 일과는 밥으로부터 시작된다. 다이어트니 뭐니 해가면서 일부러 밥때를 건너는 사람도 있지만 나는 한 끼라도 안 먹으면 못사는 사람이다. 나이를 먹어감에 따라 밥심으로 살기 때문인 것 같다. 밥이 주는 의미는 노후에 사고나 판단, 행동의 폭이나 깊이까지도 좌우한다고 해도 과언이 아닌 듯싶다.

요즘 사람들은 다들 뭔가에 쫓기는 듯 바쁘게 생활한다. 인간이 설 자리는 무시한 채 경제적인 욕구만 충족하려고 날이 갈수록 갈등과 불행이 더해가고 있다. 그러나 나는 진실을 표현하기 위해 문학에 심취한 사람을 부러워한다. 문예 창작은 내 삶을 표현할 수 있고 나 자신을 되돌아볼 수 있어서 좋다. 나에겐 선배들의 작품세계가 부러움과 선망의 대상이었다. 그런 높디높은 세계를 등단만 하면 저절로 오르는 줄 알았다.

하지만 문학에서는 겨우 아침밥 한 술을 떴을 뿐, 허기도 면하지 못한 채 방황하고 있다. 수필의 경우 밥 한 수저만으론 아직 간에 기별도 안 가는데 반년이 넘도록 제자리걸음이다.

나는 소녀시절부터 작가가 되는 것이 꿈이었다. 문학의 굶주림에 허리띠를 졸라매면서 작가를 그리워하다가 겨우 그 대열에 서긴 했으나 쓰면 쓸수록, 배우면 배울수록 점점 더 어려워지는 것이 문학인 것 같다.

문학의 언저리에 서서 그 안을 엿보는 아름다운 환상보다, 직접 안에 들어가 글을 쓰려니 이렇게 힘든 작업인 줄은 정말 몰랐다. 그래서인지 날이 갈수록 글쓰기가 점점 자신감이 없어지고 망설여진다. 무식하면 용감하다는 말처럼 글 밭에 발을 들여놓던 시절, 등단하기 전에는 오히려 겁도 없이 몇 편의 글을 쓰기도 했었다. 수필을 목표했으나 그 길을 찾지 못해 헤매던 중 어느 시인이 내민 손을 잡고 그쪽으로 발길을 돌리게 되었다.

시 밭의 흙을 제대로 고르기도 전에 겁도 없이 덜컥 시집을 두 권이나 펴내기도 했다. 감동을 동반한 서정성 등 시가 공중을 나는 새로 비유한다면 수필은 고궁을 걷는 왕비처럼 중후하고 품위가 있어야 한다.

수필이란 응축된 시에 적당량의 물을 희석만 하면 되는 줄 알았고, 내 연륜만큼 쌓인 체험을 진솔하게 쓰기만 해도 되는 줄 알았다. 그런데 멋모르고 수필의 아침밥만 한 술 뜨고는 오도 가도 못하는 기로에서 서성이고 있다.

하지만 이대로 머뭇거릴 수만은 없다. 어쨌든 잃어버린 나를 찾기 위해 잡은 수필의 끈을 절대로 놓치지는 않을 것이다. 제2의 인생은 문학을 벗 삼아 슬기롭고 지혜롭게, 그리고 멋지게 살겠다는 각오를 한 이상 쓰고 또 쓰련다.

나의 서재 중앙엔 수필집들이 빛을 발하고 있다. 오랜 세월 닦아 오신 선배들의 주옥같은 작품들을 볼 때마다 그분들의 삶과 문학의 향기가 방안 가득 채워지는 기분이다. 요즘은 수필 몇 편만 읽어도 몸과 마음이 상쾌해지고 정화되는 듯하다. 삶에 생기를 불어넣어 주는 듯하여 생활에 활기까지 솟는다. 문학에 대한 매력도 알게 되었고, 문예 창작 공부에 대한 즐거움과 행복도 알게 되었다. 밥 한술로 배는 못 채웠지만 입맛은 찾은 것일까?

이제는 '아침밥 한 술'을 시작으로 내 수필의 허기가 채워질 때까지 열심히 정진하련다. 성품, 지식, 지혜, 진실 등을 골고루 비벼서 맛깔 나는 수필을 세상에 내놓으리라.

아들에게도 말한다. "아침을 한 술이라도 뜨는 습관을 갖도록 해."라고, 아침을 잘 먹어야 하루가 든든하고 활기찬 것처럼 매사에 시작이 가장 중요하다고 생각한다. 아들도 언젠가는 아침 한 술의 소중함을 깨닫게 되리라. 그게 늦지 않았으면 좋겠다. 원탁에 둘러앉아 식구들이 서로 마주하며 밥술을 뜨는 모습이 그립다. 아침 한 술로 찾은 문학에 입맛을 더욱 살려, 내 허기도 채우고 내 글을 읽는 독자들의 허기도 넉넉히 채워줄 수 있었으면 좋겠다.

흰 두루마기

연못의 흰 오리들이 자맥질을 하고 있다. 방향을 잃은 듯 꽥꽥거리며 배회한다. 마치 아이들의 초보 수영처럼 솟구쳤다 잠겼다를 반복한다. 그도 영 멈출 줄을 모른다. 오리는 추위에 강하여 겨울에 물속에서 놀아도 끄떡없단다. 또 다리와 발의 피부가 두껍고 단단해서 동상에도 걸리지 않고 상처도 잘 입지 않는다고 한다.

새끼 때는 병아리처럼 노란색이지만 자라면서 깃털 색깔이 변하고 어미 오리가 되면 하얀 깃털이 새로 나와 멋진 모습이 된다. 헤엄치기 전에는 꼬리 부분에서 나오는 기름을 깃털에 발라 물에 자연스럽게 뜰 수 있다. 귀엽게 노는 오리들을 보고 있노라니 어릴 적 할머니께서 외출하실 때마다 입으시던 흰 두루마기가 생각난다.

어머니는 누런 광목을 무쇠 가마솥에 잿물과 함께 넣고 푹 푹 삶으셨다. 다 삶아지면 밥 뜸들이 듯 한동안 뒀다가 건져서 오지자배기에 넣어 머리에 이고 마을 어귀에 있는 향나무 아래 바가지 샘으로 가신다. 빨랫거리를 샘 바닥에 쏟아 놓고는 힘껏 방망이질하며 빨아서 햇볕이 잘 드는 언덕배기에 펼쳐 널으신다.

한나절쯤 되어 바싹 마르면 다시 물을 축여 널어 놓는 작업을 대엿새 동안 반복하신다. 눈이 부시게 바래진 흰 옥광목이 바람에 나부끼는 모습은 마치 흰 오리 떼가 노니는 모습 같다. 새하얀 옥양목은 다시 빳빳하게 풀을 먹여 촉촉할 때 손질을 한다. 그리고 다듬이질이 시작된다.

그렇게 다듬이질이 끝나면 할머니의 두루마기로부터 온 가족의 옷으로 마름질하여 손바느질이 시작된다. 동네에서 바느질 잘하기로 소문이 나서 뽑혀 다니시던 어머니의 솜씨로 예쁜 한복들이 탄생한다. 할머니께서는 외출하실 때마다 흰 두루마기에 검정 조바위를 쓰고 다니셨다. 그 자태는 마치 뜰을 거니는 사임당처럼 품위가 있었다. 고개 넘어 작은아버지 댁을 다녀오시느라 산모퉁이를 돌아 두루마기 자락을 펄럭이며 오실 때면 뛰어가 안기곤 했다. 그때마다 할머니의 두루마기 주머니에선 영락없이 사탕이나 강정이 나왔다.

할머니는 그 시절 소학교 문 앞에도 못 가보셨다. 그럼에도 동지섣달 길고 긴 밤이면 『심청전』『춘향전』『옥류몽전』『이

춘풍전』『장화홍련전』 등의 딱지본을 줄줄이 읽으셨다. 어쩌면 그리도 맛있게 읽으셨던지 지금도 그 소리가 들리는 듯하다. 할머니는 훈장이신 할아버지의 배필답게 인자하시고 정갈하시며 품성까지 어지신 분이었다. 흰 두루마기가 풍기는 맵시와 우아한 모습의 할머니가 늘 자랑스러웠다.

그런 할머니께서 79세를 일기로 하늘나라의 부르심을 받으셨다. 나는 난생처음 혈육의 죽음을 지켜봤다. 죽음이란 삶과 죽음 사이의 '찰나'라는 것을 실감했다. 사람은 숨소리만 멎으면 시체가 된다는 것도 체험했다. 면소재지 전체가 술렁였고 근동의 조문객들이 구름처럼 몰려들었다.

오는 사람마다 흰 두루마기에 갈색 중절모의 차림은 마치 유니폼을 방불케 했다. 그 시절의 예복은 그 이상 없었던 것 같다. 때는 춘삼월이라 아지랑이 아롱아롱 피어오르고 따사로운 햇살은 흰옷들을 더욱 눈부시게 했다. 집에서 치르는 장례식은 사람들이 흰 물결처럼 출렁이는 인산인해 축제의 장이었다. 동네 사람들은 호상이라며 발인 전날 밤 꽃상여를 꾸며서 온 동네를 누비며 어르고 먹고 놀며 밤을 하얗게 새웠다. 사람이 천수를 누리고 가면 호상이라고 한다.

의학이 발달한 오늘날엔 그 천수의 기준이 백세까지 바라보는 추세가 되었지만 옛날에는 회갑의 나이인 육십을 넘어 죽으면 천수를 다했다고 말했다. 누르스름한 삼베로 지은 굴

건제복의 상주 네 분을 제외하곤 삼 십여 명이 흰 상복이었다. 두 패의 상두꾼들과 300여 조문객들까지 선산은 온통 눈 꽃밭이었다. 할머니께도 이승에서의 두루마기 인연들과의 마지막 인사이며 잔치인 듯했다.

쌀 한 가마 반의 점심이 모자랐다니 흰옷의 숫자가 가히 짐작이 가고도 남는다. 선산은, 수많은 흰 오리들이 서로 엉덩이를 비집고 들어앉아 뭉그적거리는 모습들을 보는 듯 장관을 이루고 있었다. 그때는 지금처럼 아무 때나 사진을 찍을 수 없었다. 사진기가 귀하던 시절이라 사진 속에 담아 놓지 못한 것이 두고두고 아쉽다.

흰 두루마기를 연상케 하는 오리 떼, 오리를 연상케 하는 두루마기의 물결이 더러운 것들로 얼룩진 마음을 정화시켜 다시 새하얗게 변화시키는 듯하다. 나도 언젠가 내 할 일을 다 하고 난 뒤, 그런 아름다운 배웅을 받으며 떠났으면 좋겠다.

의복이 날개

옷차림은 그 사람의 인품을 나타내기도 한다. 생김이 아무리 준수해도 입은 옷이 정결치 못하면 그 사람과는 거리감을 갖게 된다. 가진 것은 좀 부족해도 옷이 단정하고 세련된 차림의 몸가짐이면 평온한 마음으로 부담 없이 대하게 된다. 옷을 잘 입어서 그 사람이 한층 아름답고 빛나 보일 때가 있다. 옷을 잘 입는다는 건 반드시 명품 옷이 아니더라도 단정하며 맵시 있게 자기에게 어울리는 색상으로 잘 갖춰 입으면 된다. 그러나 '몸에 걸치는 옷 이상으로 마음의 옷이 더 중요하지 않을까' 하는 생각이 든다.

유년 시절의 흑백사진을 꺼내 보았다. 소꿉친구 세 명이 찍은 흐릿한 사진이다. 검정치마 흰 저고리를 똑같이 입은 것이 마치 유니폼 같다. 무릎까지 내려온 치마 밑으로 내복이 빼꼼히 삐져나온 무릎 부분에 큼직한 무명천으로 기워놓은 것이

각설이의 옷 그 자체다. 그 시절엔 그래도 그런 차림이 부끄럽거나 창피하지 않았다. 그때는 모두 가난하여 누구라도 누덕누덕 옷을 기워 입던 때였으니까.

어느 설 명절 무렵이었다. 어머니는 두 살 아래인 여동생과 똑같이 설빔으로 광목에 물들인 검정치마와 분홍 저고리를 해주셨는데 나는 얼른 입어 보고 싶어서 맨몸에 저고리만 입었다. 바느질이 끝나고 마지막 작업은 저고리 앞섶에 실을 꿰어 잡아당기면 섶 끝이 제비초리처럼 쏙 빠지게 되는데, 정교하게 바느질해서 앞섶에 포인트를 주는 것이다. 화롯불에 꽂혀있던 인두 날로 저고리의 소매며 앞섶 등 전체적인 마무리를 한다. 무릎에 인두 판을 놓고 인두를 얼굴에 가까이 대어보고 화력을 조절하여 조근조근 눌러가며 모양을 낸다. 그런데 내 저고리는 앞섶이 벌렁 들떠서, 가재미가 눈 뜨고 나를 보듯 신경을 건드렸고 동생의 저고리 섶은 착 달라붙어 와이퍼로 닦아 놓은 듯 얌전했다.

어머니는 "옷을 지어보면 그 사람의 성격을 알 수 있다고 하셨다." 성격이 까다로운 사람의 옷은 말썽이 많다고 하면서 나를 쳐다보신다. 난 뽀루퉁해 하면서 화롯불에 달궈진 인두를 꺼냈다. 동생 것처럼 만들 욕심에 입은 채로 저고리 섶을 다린다는 게 그만 배를 쓱 문질러버렸다. 그 화상의 흉터는 오랜 세월 나를 괴롭혔다. 그런데 그 삐걱대던 흔적이 어느 날

보니 봄눈 녹듯 사라져 없었다.

1970년대는 양장점에서 옷을 맞춰 입는 것이 유행이었다. 산업의 발전과 함께 의생활도 멋을 중시하는 디자인을 우선으로 하는 시대가 되었다. 신사복을 짓는 양복점과 숙녀복을 만드는 의상실이 호황을 누렸다. 줄자로 어깨, 팔, 가슴, 엉덩이, 기장을 세밀하게 잰다. 며칠 후에 다시 가봉하러 간다. 가봉이란 재단한 옷감을 대충 시침하여 입어 보고 맞추는 일이다. 나도 그때 제일 좋다는 제일모직 양장지로 양장을 한 벌 맞추었다. 그것을 지금도 아까워 세 벌이나 보관하고 있다. 봉제산업이 발달하면서 양복점이나 의상실이 자취를 감추고 수선집들이 그 자리를 메웠다.

유행 따라 값싸고 멋진 옷을 사 입을 수가 있으니 거리에는 옷 잘 입은 부자들만이 활보하고 다니는 것 같다. 명품은 아니지만 유행따라 사 입게 되니 장롱 속엔 옷들이 차곡차곡 쌓여간다. 그것들이 저 먼저 입어 달라 아우성치는 것 같다. 하지만 정작 외출하려면 입을 옷이 없어서 난감하게 되니 어찌 된 일인지 모르겠다.

요즘엔 스키니한 스타일에서 벗어나 자유로운 복고풍의 패션인 나팔바지가 슬슬 머리를 들고 일어서는 모습을 여기저기서 볼 수가 있다. 또한 깡마르고 날씬한 사이즈의 모델에서 빅 사이즈 모델이 주요 잡지나 화보에 등장하기 시작한다.

패션계에 아름다움의 기준이 달라지고 있음을 보여주는 것 같아 입 꼬리가 귓볼로 올라간다.

나도 장롱 속 깊이 잠자고 있는 나팔바지를 꺼내 입고 멋쟁이 행세를 한번 해볼까? 그러나 몸의 옷 이상으로 마음의 옷을 잘 입는 사람이 더 기품이 있어 보인다. 하지만 이 나이가 되도록 여전히 그런 우아한 교양인, 멋진 여자가 되기는 아무래도 멀고 먼 것만 같으니 안타깝다. 오늘도 외출 준비를 서두르며 장롱 속의 옷을 꺼내 이것저것 몸에 대고 거울에 비춰볼 수 있는 나는 '옷 때문에 이만큼이라도 행복한 게 아닐까!' 생각해 본다.

수채화 캘리그라피

나는 요즈음 수채화 캘리그라피 배우는 재미에 푹 빠져 있다. 나이가 들어가니 내 마음대로 쓸 수 있는 여가 시간이 많아진 덕분이다. 그 여가 시간을 새롭게 배우는 데 사용하게 되어 내 삶이 더 풍요롭게 된 것 같아 감사함과 보람을 느낀다.

언젠가 친정 조카의 캘리그라피 작품을 보고 감동한 적이 있었다. 좋은 글귀를 마음에 새겨보기도 하고 예쁜 글귀를 쓰다 보면 생각도 예뻐지는 것 같아 배워보고 싶은 욕심이 생겨 마음에 두고 있던 어느 날, 친구의 안내로 노인 문화센터 수채화 캘리그라피 반에 등록했다. 그곳엔 고령의 노인들만 다니는 곳인 줄 알았다. 그런데 의외로 젊은 신청자가 많아 추첨을 통해 당첨된 사람들만 들어갈 수 있는 곳으로, 당첨된 24명이나 되는 6, 70대의 신중년 아줌마들의 배움의 열기로 교실안을 꽉 채우고 있었다.

그림에 필요한 붓펜, 제노붓펜, 수채화펜, 워터브러쉬(물붓), 매직 등 다양한 도구가 필요했다. 필압조절부터 배우기 시작했는데 붓펜을 사용하여 시작은 가늘게, 중간은 두껍게, 끝날 때는 다시 가늘게 쓰는 것으로 손을 놓지 않고 꾸준히만 한다면 잘 할 수 있을 것 같았다.

판본체, 궈욤체, 흘림체, 시화체, 매직체 등의 글씨체가 있다는 것도 처음 알았다. 수채화의 기초와 펜을 잡는 법부터 차근차근 친절하게 설명해 주시는 강사의 지도에 기초를 다질 수 있었다. 단순히 글씨만 배우는 게 아니라 수채화와 함께 있는 캘리그라피라 더 좋았다.

한켠에는 그림을 넣고 예쁜 손글씨를 쓰는 것으로 단시간에 완성품이 나올 수 있어 빠른 성취감을 맛보게 된다. 전시회에 나갈 작품을 3개월 만에 완성하기도 했다. 그 액자를 서재에 걸어 놓고 종종 들여다보며 뿌듯해하기도 한다. 바쁘게 살다가도 나의 마음을 들여다볼 수 있는 시간이기도 하다. 직접 내 손으로 아름답고 개성 있는 글씨를 쓸 수도 있다. 또한 수채화는 잘만 그리면 훌륭한 문장과도 같아서 매우 경이로운 느낌까지 들게 한다. 과정은 힘들지만 작품을 완성하여 하나씩 하나씩 앨범에 정리해 놓다보니 어느새 성취감에 큰 보람이 느껴진다.

비 오는 날에는 비에 젖은 우산을 그려놓고 감성을 더하는 손 글씨도 멋을 내어 써본다. 덩달아 내 감성이 풍부해지는 시간이 되기도 한다. 그림에 어울리는 글귀를 생각해내는 것이 그리 쉽지만은 않다. 생각다 못해 내 시집에서 좀 괜찮은 자작 시어를 찾아 쓰기도 한다. 그림을 많이 그리지 않고 많은 색을 넣지 않아도 여백에서 나오는 편안함이 있다. 캘리그라피 엽서를 집중력 있게 그리다 보면 마음까지 깨끗이 정화되는 기분이다.

계절마다 피어나는 꽃들을 수채화로 담아보는 재미는 나만 느끼는 즐거움이 아닐 것이다. 수채화를 그리다 보면 꽃이나 모든 사물에 대해 더 깊이 있게 알아가는 재미도 있어 손놀림이 바쁘게 움직인다. 캘리그라피는 감정 조절에 탁월하다. 똑같은 글씨를 반복하고 연습하다 보면 어느새 무념무상의 상태가 되기도 한다. 함께 배우는 지인들과 이런저런 이야기를 나누다 보면 시간 가는 줄도 모른다.

아직 많이 부족하고 배움의 길은 멀기만 하다. 물 조절과 색깔 배합이 관건인데 이리해도 저리해도 잘되지 않는다. 이보다 더 중요한 건 각종 캘리그라피 글씨체인데 그림 그리듯 전력을 다하지만 늘 제자리걸음만 하고 있는 것 같다. 그래도 정성을 다해 완성해 놓으면 그런대로 작품이 되니 앨범은 날이 갈수록 쪽 수가 늘어 간다.

배우는 데는 교사와 수강생 간의 신뢰가 있어야 한다. 학문이든 예술이든 첫걸음이 중요하다. 고령자가 새로 시작할 때는 서로 교감할 수 있는 지도자가 필요하고, 같이 배우는 동료가 있으면 서로 격려해서 도중에 포기하는 일이 없도록 도와줄 수 있어서 좋다. 지도자가 있는 경우에는 날짜와 시간에 맞춰 규칙적인 생활의 리듬이 있어 살아가는 맛이 난다. 나이 들어서 배우는 것은 무엇보다도 취미에 맞고 숙달하는 과정에서 스스로 확인하는 것이 바람직하다. 수채화 그림과 붓펜 캘리그라피 글씨를 잘 배워서 황혼을 그윽한 향기로 채우고 싶다.

키오스크

체육센터에 회원용 키오스크를 새로 들여왔다. 체육관 입구에 들어서면 키오스크 두 대가 수문장처럼 문 앞에 떡 버티고 서있다. 새 물건이 들어온 첫날 나는 흰색의 미니 장롱 같은 이것이 무엇인가 하면서 앞뒤로 살펴봤다. 다른 회원들도 눈을 휘둥그레 굴리며 궁금하다는 눈치다.

마침 안내 직원이 나와서 사용법을 가르쳐주었다. 한번 배울 때는 뭐가 뭔지 이해하지 못하고 어리벙벙했는데 두 번째 마주할 때는 뭔가 좀 보이는 듯했다. 이제는 재등록부터 결제 영수증이 나오기까지 일사천리로 척척 할 수 있어 얼마나 편한지 모른다. 아쿠아로빅 회원들은 대다수가 노년층이지만 이제는 모두 익숙하게 잘 다룬다.

언젠가 나보다 훨씬 젊은 여자가 키오스크를 다룰 줄 몰라 씨름하고 있는 걸 보다못해 차근차근 결제하고 영수증을 받기까지 가르쳐 주었다. 여자는 고개 숙여 고맙다는 말을 몇 번이나 하고 갔다. 젊은 사람들은 기계를 다 잘 다루는 줄 알았는데 그렇지도 않다고 생각하니 다소 위안이 되기도 했다.

나는 이곳에서 에어로빅, 몸짱다이어트, 아쿠아로빅까지 세 가지 운동을 한다. 16일부터 19일까지는 에어로빅과 몸짱다이어트 등록일이고 20일부터 23일까지는 아쿠아로빅 등록일이다. 키오스크가 없을 때는 이렇게 두 번에 걸쳐 접수할 때마다 긴 줄을 기다렸다가 등록하는 것이 고역이었다. 지금은 운동 한 타임 끝나고 자투리 시간을 이용해 등록할 수 있으니 시간 절약도 되고 급변하는 문화에 적응할 수 있다는 것에 대해 만족하고 감사한다.

우리 체육관에선 키오스크 다루기에 익숙하지만 어쩌다 커피숍이나 패스트푸드점에 가면 기계의 구조가 다르다 보니 사용 방법을 몰라 당황하고 두리번거리게 된다. 평소에는 그래도 눈썰미가 있다고 생각했는데 지금도 자동화 기계 앞에만 서면 자신이 없다. 디지털 문명 전환의 속도가 두렵기까지 하다.

젊은 층에는 키오스크가 편리한 문화지만 노년층은 도무지 달갑지 않다. 인건비를 줄이고 장사하는 입장에서는 어쩔 수 없는 선택이지만 점점 인간미가 없어지고 삭막해지는 느낌이 든다. 기계를 자유롭게 다루지 못하는 노년층은 시대에 뒤처지는 모습 같아서 자존심을 상하게 하고 소외감도 느끼게 된다.

국내 기업의 '서비스 설계'가 젊은 층을 겨냥하고 있다는 점이 매우 아쉽다. 노년 소비자를 겨냥하는 것이 모든 고객을 만족시킬 수 있다고 본다. 소비활동의 주축이 될 노년층이 좀 더 편리하게 이용할 수 있는 환경을 만들 수는 없을까?

요즘 문명은 나날이 변하고 있다. 자동화 기계와 소통을 못하면 살기 힘든 세상이다. 옛날 문명은 사람들이 적응할 수 있을 정도로 발전해서 따라가기 편했다. 우리는 1, 2, 3차 산업혁명을 거쳐 4차 산업혁명 속에 살고 있다. 돌아보면 산업혁명의 과정들은 우리 인류에게 많은 편리함을 제공해 주어서 살기 편한 세상을 환하게 열어주었다. 이런 정보화 사회를 살아가려면 자동화 기계를 자유자재로 다룰 줄 알아야 한다.

기계가 사람을 지배하는 시대가 도래하고 있으니 피할 수 없다면 즐기라고 했던가,

요즘엔 복지관이나 도서관 경로당에서도 디지털 사회를 누릴 수 있게 지원해 주고 스마트폰이나 컴퓨터 키오스크 활용법을 가르쳐 주는 곳도 많다고 한다. 21세기 정보화 시대에 뒤떨어지지 않으려면 치열한 도전 정신과 끊임없이 배우고자 하는 노력이 필요하겠다. 그러나 가야 할 길이려니 하고 가겠지만 시대의 변천이 느림의 미학도 함께하여 균형 있게 흘러갔으면 좋겠다.

뜨개질하는 삶

장롱 서랍을 열었다. 그 속에서 깊이 잠자고 있는 남편의 털 조끼를 꺼내어 본다. 털옷은 보기만 해도 온몸이 포근하고 따뜻해진다. '겨울' 하면 그 옛날 뜨개질하던 때가 생각난다. 꽈배기 무늬와 다이아몬드 무늬를 만들면서 완성품이 되기까지 그 어떤 것도 끼어들지 못하도록 긴장하면서 뜨개질을 했다. 코와 코를 연결하여 무늬와 치수를 맞추려면 정신을 집중하여 차근차근 짜야 하기 때문이다.

뜨개질을 하면서 마치 내가 수필을 쓰는 것과 흡사한 면이 있다는 생각을 하게 되었다. 글도 한 자 한 자 뜨개질하듯 짜맞추어야 하지 않은가. 뜨개질은 조용하고 차분하게 짜가야 한다. 수필도 그래야 진실한 마음을 꿰는 것 같아 안정감이 든다. 한 코 한 코 매만지면 그 색깔이나 질감이 예뻐서 보는 이들에게 즐거움을 준다. 모두 즐거워하는 게 수필을 쓰는 나의 바램이다. 한 올 한 올 뀔 때마다 사랑과 정성을 담아 전달하고 싶은 것이 마치 수필을 쓰는 것과 흡사하다 하겠다.

1960년대는 편물기로 짠 스웨터 패션이 유행하던 시기였다. 스웨터만큼 편안하면서도 나들이하기에 자유로운 옷도 드물 것이다. 그 옷의 실용성은 몇 년 입고 작아지면 풀어서 다시 짜는 데에 있다. 라면 발과 같이 꼬불꼬불한 실타래를 따끈한 물에 넣으면 거짓말처럼 죽 펴진다.

수필도 스웨터 실 풀리듯 술술 풀려나오면 얼마나 좋을까. 독자의 공감을 얻을 수 있는 수필을 제대로 쓰지도 못하면서 밤을 하얗게 새운 날이 한두 번이 아니다. 뜨개질처럼 누군가에겐 시린 손을 감싸줄 장갑이 되고, 누군가에겐 허전한 목을 감싸줄 목도리도 되며, 또 다른 누군가에겐 등을 감싸줄 목화솜 같이 폭신한 스웨터가 될 그런 수필을 쓰고 싶다.

나는 편물 기술을 배우기 위해 온양에서 천안에 있는 학원까지 기차 통학을 했다. 1년 과정을 마친 뒤 보조강사로 더 다녔다. 그리고 온양온천 한 편물점에 취직했다. 그때는 전문 분야에 종사할 수 있는 그 일이 전망 좋은 직업이라고 선호하였었다.

3년 동안 경험을 얻은 뒤 온양온천 깡통 골목에 '제일 편물점' 이란 간판을 걸었다. 깡통골목'이란 그 골목에 미군 통조림 가게가 몇 군데 있어서 붙여진 이름이다. 보송보송한 505

털실을 색색으로 구색을 맞추어 진열장에 정돈해 놓는다. 편물기를 가진 기술자 3명과 실을 풀어주고 허드렛일을 하는 사람 1명까지 4명을 채용하여 일했다.

그 시절엔 시집가는 규수들의 혼수로 스웨터, 도꼬리, 바지, 속치마 등이 필수 항목이었다. 뜨개질은 우선 손님의 치수를 재고 거기에 맞게 게이지를 낸다. 10cm 안의 코수와 단수를 세어 공식에 의해 계산 해놓고 그대로 짜면 치수가 딱딱 맞는다. 계산이 맞지 않으면 옷이 잘못 나와 처음부터 다시 짜야 한다.

또한 뜨개질을 언뜻 보기엔 같은 동작의 연속처럼 보이지만 여러 가지 무늬를 넣어 만들어야 신선한 작품이 된다. 디자인은 천으로 생산되는 상품과 같이, 뜨개질에도 끊임없는 연구와 뼈를 깎는 각고의 노력이 필요하다. 그렇게 새로운 디자인으로 완성된 편직물은 손님들의 마음을 사로잡게 된다.

이것은 마치 작품을 창작하고 독자의 마음을 얻으려는 노력과 흡사하다. 뜨개질을 하다 보면 가끔 실이 한 데에 엉킬 때도 있다. 정신을 집중해서 살살 달래며 풀면 엉키고 꼬인 실타래가 후루룩 풀린다. 마치 막힌 삶에 물꼬가 트이듯, 그 맛에 희열을 느낀다. 나는 풀리지 않는 수필 쓰기도 뜨개질하는 시간처럼 명상의 시간이고 무아지경이 되기를 바란다.

수필도 뜨개질처럼 한 자씩 촘촘하게 짜 맞추어 퇴고와 조탁을 거듭해서 세상에 내놓는다. 상품이 디자인으로 승부를 걸듯 작가도 자신의 글이 독자의 마음을 사로잡을 수 있도록 표현해야 한다. 원고지 15매 내외로 마무리 짓는 수필이기에 군더더기 없는 디자인(구성)이 절실히 요구된다.

뜨개질하는 마음처럼 수필 쓰는 일 역시 순수해야 한다. 수필은 내 안에 살아 있는 음성이다. 진지하게 내 삶의 돌아봄이다. 젊은 시절엔 뜨개질로 세월을 보냈다면 요즘엔 오롯이 나만의 색깔을 지닌 수필을 쓰고자 한다. 나의 색깔에 맞는 수필을 한 땀 한 땀 꾸준히 무늬를 만들어 가면 독자의 사랑을 받을 만한 작품도 나오지 않겠는가. 그러고 보니 내 삶도 뜨개질하는 삶이라 하겠다.

에어로빅

에어로빅반에 미모의 강사가 새로 왔다. 원, 투, 쓰리, 포…, 우렁차고 허스키한 구령에 맞춰 새 작품 익히기에 두 손에선 땀이 한가득이다. 훤칠한 키에 잘 다듬어진 몸매, 절도 있고 힘 있는 동작을 해내는 강사의 모습은 아름다운 예술, 그 자체가 매력이다.

우리 에어로빅반은 3부로 나뉘어 운동을 하고 있는데 나는 오전 9시부터 10시까지 하는 1부 타임만 고집하면서 지금까지 규칙적으로 뛰고 있다. 하루 일과 중 에어로빅을 우선순위로 정해 놓고 그 시간에는 어떠한 스케줄도 잡지 않는다.

비가 오나 눈이 오나 바람이 부나 한결같이 이 시간을 지켜오고 있다. 집에서 좀 울적한 일이 있더라도 체육관 입구에만 들어서면 귀에 익은 음악이 신선한 쾌감을 불러주어 일상의 스트레스를 단번에 날려주곤 한다.

"그 나이에 어떻게 그런 격렬한 운동을 할 수 있어요?" 주위 사람들의 의아해 하는 표정과 부러워하는 시선이 따가울 때도 많지만 나는 에어로빅을 하는 그 시간이 참으로 행복하다. 에어로빅은 최신 유행하는 음악에 맞춰 리듬을 타고 신나게 운동하기 때문에 그 어떤 운동보다 신체의 부담이 적다. 그러면서도 시간 가는 줄 모르게 운동량이 많아서 기분 좋은 호르몬이 나오는 최고의 유산소운동이다.

에어로빅을 단순한 춤 동작으로 인식할 수도 있다. 하지만 에어로빅은 체조를 무용화시킨 동작으로 경쾌한 음악과 함께 하나의 작품으로 완성하는 심오한 운동이다. 뿐만아니라 몸과 마음을 건강하게 하고 신체의 순발력과 유연성을 길러주며 스트레칭을 통해 바디라인도 잡아주어 늘 젊고 탄력 있는 몸매를 유지할 수 있게 한다. 또한 심장 건강에도 좋고 우울증을 개선하는 효과도 있어서 정신과에서도 많이 권장하는 운동이기도 하다.

내가 이 운동을 하게 된 동기는, 아들 셋을 낳고 단산한 뒤 어느 날부터인가 무릎에 심한 통증이 와 고통을 견딜 수가 없었기 때문이다. 굶기를 밥 먹듯 했던 가난한 시절에 중환자가 되었으니 무엇보다 가정의 형편에 큰 타격이었다. 심할 때는 이글거리는 잉걸불을 두 무릎에 쏟아붓는 듯 화끈거리고 무지막지한 쇠뭉치로 짓이기는 듯했다. 그러나 병원에서 검사

결과는 항상 이상이 없다고 했다.

통증은 몸살까지 불러와서 삼복더위인 한여름에도 뜨끈뜨끈한 아랫목에 솜이불 신세를 면치 못하는 나날을 보내야만 했다. 병은 한 가지에 약은 천 가지란 말이 있듯이 관절염에 좋다는 약도 수없이 먹어 봤다. 그러나 약을 먹으면 먹을수록 체중만 늘어나고 그 체중에 눌려 병은 점점 더 악화되어갔다.

어느 날 남편이 관절염에는 장 닭과 한약을 함께 달여 먹으면 좋다는 이야기를 친구에게서 들었다며 모란시장까지 가서 장 닭을 다섯 마리나 사 왔다.

닭을 담은 상자를 나일론 끈으로 묶어 들고 버스와 도보로 오는 동안 손바닥이 베어져 피를 줄줄 흘리기까지 했다. 지금처럼 교통이 발달 되지 못했던 때라 모란 시장에서 서울 구로구 고척동까지는 족히 한나절 이상은 걸렸을 것이다. 닭을 마당에 풀어 놓고 그날부터 3일에 한 마리씩 살생을 하는 작업이 시작되었다. 닭을 들통에 넣고 온종일 푹 삶아 고기는 건져내고 국물에 한약재를 넣고 달여서 하루 세 번씩 먹곤 했다. 보름 만에 살생과의 전쟁은 끝이 났지만 병의 호전은 보이지 않고 체중만 갑자기 5kg이나 늘어나 비대해진 몸을 더 가눌 수가 없게 되었다.

급기야는 통증의 고통을 견딜 수 없어 뼈 주사로 위급함을 모면하기에 이르렀다. 뼈 주사라는 것이 처음 6개월 동안은 새 삶을 사는 듯 날아가는 기분이었으나 석 달에 한 번 맞던 것을 한 달 만에 맞아야 했고, 그것도 점점 효력이 없어져서 그나마도 포기하고 말았다. 그때부터 70kg의 거구를 끌고 다니게 되었으며 통증은 점점 심했다.

그러던 어느 날, 언니가 걱정스럽다며 찾아온 동생으로부터 '에어로빅'을 좀 해 보라는 권유를 받았다. 에어로빅의 '에' 자도 모르던 나였다. 됫박 쌀을 사 먹고 구멍 난 양말을 꿰매 신던 그 시절 동네에는 물론 인근에도 체육관이라고는 있을 수 없었다.

얼마 후 아파트단지로 이사를 하게 되었는데 동생의 말이 생각나서 아파트 부녀회에서 운영하는 에어로빅교실을 찾아갔다. 그러나 저마다의 섹시한 무대의상을 입고 공연하는 듯 날씬한 회원들의 황홀한 모습에 눈이 부셔 주눅이 들고 말았다. 더구나 심한 몸치인 내가 과연 따라 할 수 있을지 걱정이 앞섰지만 그래도 내게는 목표가 있다.

'그래! 난 반드시 살을 빼고 병을 고쳐야 해. 그 어떠한 수모를 겪는다 해도…' 하면서 마음을 다잡았다. 그리고 과감히 수강증을 끊고 다음 날부터 수업에 돌입했다. 아직 시작 전이라 몇몇 사람들이 워밍업을 하고 있는 가운데 난 쭈뼛쭈뼛 안으로 들어갔다. 난생처음이라 에어로빅은 신발을 신고 뛰는 줄도 몰랐다. 당황해하는 내 얼굴을 본 한 회원이 발 사이즈를 묻더니 내 발에 맞는 운동화를 빌려다 주었다. 참 고마웠다. 이윽고 시간이 되어 회원들이 하나둘 모이더니 금방 실내가 꽉 찼다. 그러나 운동하려면 우선 체중부터 줄이는 것이 급선무란 것을 알았다.

그래서 그날부터 다이어트에 들어갔다. 우선 아침은 조금 먹고 점심은 많이 먹었다. 저녁은 고스란히 굶으면서 아침저녁으로 열심히 운동했더니 두 달 만에 12kg이 감량되었다. 지금 나는 에어로빅 32년 차로, 요요현상 없이 다이어트에 신경 쓰지 않아도 체중을 유지할 수 있음에 만족한다. 늘 초조하고 무언가에 쫓기는 사람처럼 살던 나였다. 그러나 지금은 모든 일에 적극적이고 낙천적인 사람으로 바뀌었다. 그때부터 관절염 약은커녕 영양제도 모르고 건강하게 살고 있다.

당시에 귀찮도록 물고 늘어지던 요실금까지 자취를 감추었으니 에어로빅이야말로 보약 중의 보약이다. 건강을 관리하는 차원에서 으뜸 운동이라고 생각한다. 이 운동을 만나지 못했다면 나는 지금쯤 어떻게 되어 있을까! 생각만 해도 몸이 오싹해진다. 과정이야 힘들지만 뒤에 오는 충만감은 삶의 동력이 되기에 충분하다. 그래서 나는 누구를 만나도 에어로빅을 하라고 권한다. 내가 받은 이 기쁨을 전하지 않고는 견딜 수 없는 에어로빅 전령사가 된 기분이다.

공원 산책

해 질 녘이면 공원으로 산책을 나가는 게 습관처럼 되었다. 집에서 손을 뻗으면 닿을 수 있을 것 같은 거리다. 공원으로 향하는 마음이 마치 소풍이라도 가는 듯하다. 잘 다듬어진 나무들과 꽃 진 자리에 초록 잎이 넘실대는 6월이다. 병아리 같은 아가들이 놀다 간 어린이 놀이터와 젊은이들이 흘린 땀에 찌든 농구장, 그 옆에 선 분수대가 활기차게 물을 뿜어내고 있다.

칠십 중반에 당뇨합병증으로 고생하는 남편의 손을 잡고 자주 찾던 공원이다. 그는 돌잡이 아기의 서투른 걸음마처럼 갓갓으로 한 발 짝씩 옮기다가도 벤치에 주저앉기 일쑤다. 나는 남편이 기대도록 어깨를 내어주고 파란 하늘을 올려다본다.

머리 위로 새가 포르르 날아오르고 흔들리는 나뭇가지는 새가 떠나간 흔적을 말해 주고 있다. 벤치에 앉아 잠시 조선

소나무 향을 맡아본다. 솔향 내음이 진동한다. 하늘을 찌를 듯 쭉쭉 뻗은 소나무들이 열병(閱兵)하듯 늘어서 있다. 소나무는 우리 민족의 긍지요 전통을 자랑하는 상징물이기에 뿌듯함을 느끼게 된다. 부드러운 바람이 내 얼굴을 슬쩍 건드려 보고 지나간다. 앞에 할아버지 두 분이 초점 잃은 시선으로 무슨 생각에 잠겼는지 정물화처럼 앉아있다.

이렇게 좋은 공기를 마시고 기분 전환이 되어 남편의 병이 회복되기를 기원하면서 자주 찾던 공원이다. 다리에 힘을 올려보겠다고 살살 걷던 남편은 자동차 불빛을 만난 고라니처럼 그 자리에 우뚝 멈춰 섰다. 걸음을 뗄 때마다 남편의 헐렁이는 추리닝이 힘없이 흐느적거린다. 한때는 백여 명의 축구회 초대 회장으로 리더십이 훌륭했던 사람이다.

불의를 보면 못 참는 성미라 어디서 누구에게 해코지라도 당할까 두렵기도 했다. 얼마 전까지만 해도 동네 체육센터 헬스장에서 매일 두 시간씩 운동하기도 했다. 또한 억센 종아리 위까지 바지를 걷어붙이고 이 공원에서 각종 운동기구를 사용하기도 하고 공원을 수십 바퀴씩 뛰던 그였다. 종아리에 살이 빠지니 어쩐지 운동화도 한 치수 더 커 보인다.

그해 일흔일곱인 남편은 사 년 전부터 우울증, 치매, 파킨슨병, 섬망 등의 병마에 시달리다가도 어느 날은 금방이라도 훌훌 털고 일어날 것 같이 옛날 모습 그대로였다. 그러다가 갑자기 그의 눈빛이 게슴츠레해지면서 다른 사람처럼 보이기도 했다. 남편과 나는 늘 함께 있지만 각자 소통 불가의 세계에 고립되어 있었다. 그리고 당뇨는 37년 전부터 단짝 친구가 되어 운동과 음식으로 관리가 잘 된다고 믿었다. 그러나 그는 2년을 병마와 더 싸우다가 일흔아홉에 다시 못 올 강을 건너갔다. 그곳엔 아무도 기다리는 이 없을 텐데 무엇이 급하다고 서둘러 갔을까? 아직도 공원에서 남편과 산책하던 그날이 생생하게 클로즈업되어 온다. 오늘은 그와 같이 있던 자리가 비어 있다.

여기저기 산책 나온 사람들이 많다. 아가들 손을 잡고 나온 젊은 부부, 유모차에 손자를 태우고 나온 할머니, 싱싱카를 타는 어린이들의 모습이 그림처럼 아름답다. 저 아가들도 어른이 되었을 때 오늘 공원에서 있었던 즐거운 일이 어떤 추억으로 남을까.

어디선가 재잘거리는 새소리가 들린다. 가슴 속 저 밑바닥까지 소나무 향의 싱그러움으로 내 속을 꽉 채우는 듯하다. 해는 서산으로 넘어가고 도심 속의 공원은 깜박이는 가로등 아래 황혼의 아늑함이 있다. 이 여름의 초저녁을 아름다운 경치와 맑은 공기를 마시며 즐길 수 있는 게 과분하게까지 느껴진다. 도심에 공원이 있다는 건 사람 몸에 호흡기관이 있는 것과 다름없이 중요하다. 나는 내일이면 이 자리에 또 앉게 될 것이다. 낮에 찌들었던 더위가 공원의 신선한 공기에 확 날아가는 듯하다.

눈부신 노을

우리 부부는 국내 여행을 자주 했다. 그러다 보니 갔던 곳을 몇 번씩 가기도 했었다. 봄에는 우리의 결혼기념일이 있고, 가을엔 내 생일이 있는 계절이어서 1년에 두 번은 여행했던 것 같다. 무더운 여름에는 피서를 목적으로도 다니다 보니 이래저래 여행은 우리의 일상이 되었다.

우리는 인생의 과도기를 지나 안정적인 생활을 하게 되어 여행을 자유롭게 다닐 수 있었다. 살아가면서 모처럼 나들이하는 것처럼 신나는 일도 드물 것이다. 여행은 마음의 안식처를 제공하는 묘약이기도 하다. 또한 힘들 때마다 삶의 방향을 제시해 주는 훌륭한 중재자이기도 하다. 그이와 생전에 마지막으로 갔던 곳이 가을 여행지인 태안 앞 바다였는데 그곳도 두 번째였다.

나는 모래사장에서 바라다보이는 수평선 끝이 넘실대는

노을바다를 좋아한다. 앞에 펼쳐진 광활한 자연에는 눈부신 노을의 몸짓이 한창이다. 길게 늘어섰던 배들은 일제히 불을 켜고 먼바다의 어선들은 불야성을 이루고 있다. 바다는 깔깔거리며 소스라쳐 부서지고 파도는 흰 이를 드러내며 웃고 있는 듯하다. 해는 이미 기울어 서쪽 하늘가의 나뭇가지에 걸려 있더니 어느덧 바닷가에 노을이 지고 있다.

태안 앞바다에 내려앉는 눈부신 노을은 마치 붉은 꽃잎이 물에 녹아내리는 듯 찬란하다. 저 멀리서 불어오는 잔잔한 해풍과 갈매기 소리, 노을빛은 하늘 가득히 퍼져 태안 앞바다를 온통 짙게 물들이고 있다. 나는 이미 그 품에 안겨 전율할 만큼 큰 감동을 받는다. 그러나 가슴에 물결치는 감동도 2,3분간의 짧은 순간에 지나지 않는다. 태양은 이내 바닷물 속으로 잠겨 들고 노을도 긴 꼬리를 감추며 사라졌다.

인생의 노을을 맞이한 우리 부부는 이 순간 아름다운 이 광경을 놓치고 싶지 않아 오랫동안 그 자리를 떠나지 못했다. 눈이 부시도록 아름다운 노을은 때 묻은 내 영혼까지 치유할 수 있는 성수聖水와도 같은 느낌을 갖게 했다.

우리는 젊은 시절의 감성을 되살리려 끝없이 펼쳐진 모래사장을 맨발로 걸었다. 샘물처럼 흘러넘치던 감성은 어디로 가고 메말라진 가슴은 허허롭기만 했다. 그 길로 우리는 어느 목로주점에 들어갔다. 방금 캐온 굴이라며 굴전과 함께 막걸리가 나왔다. 둥근 테이블에 마주 앉아 주거니 받거니 막걸리 한 주전자를 다 비웠다. 그이는 본래 술꾼인데 다른 술은 못해도 막걸리는 좀 마실 줄 아는 내가 술친구가 되었기 때문이었다.

내가 막걸리를 마실 줄 아는 이유는 어렸을 때, 시골집에서 농주를 만들어 일터에 내다 주는 심부름하다가 길에서 '홀짝홀짝' 마시다가 배웠기 때문이다. 그래서 남편은 자기가 좋아하는 소주는 무시하고 나와 여행할 때는 꼭 막걸리를 주문했다.

나는 지인의 소개로 노인 문화센터에 등록하고 그곳 회원이 되었다. 수채화 캘리그라피 반에 등록하고 그때부터 수강생이 되었다. 갖가지 색의 물감을 매만지며 내 황혼의 빛깔은 어떤 색일까, 이 빛이 사라질 때 어둠 위에는 눈부신 노을로 흔적을 남길 수 있을까 생각해 본다. '황혼'이란 단어는 가을날 예쁘게 물든 노을처럼 아름답다. 나는 나이가 들면서 크고 화려한 것 보다는 소박하고 편안함을 좋아하게 되었다. 그것이 다름아닌 삶의 지혜임을 깨닫는가 보다. 화려한 꽃보다는 푸른 잎이 좋고, 크고 우람한 나무보다는 작고 보잘 것 없어 보이는 작은 풀로 시선이 가는 건 웬일인지 모르겠다. 내 성정이 그래서 수채화 캘리그라피에 매력을 느끼게 되었나 보다.

노인이 되었다는 것은 많은 인생 경험과 지혜가 축적되어 있기에 체험담이나 지혜를 젊은이들에게 들려주어 시행착오를 빚지 않도록 하는 중요한 역할을 할 수도 있다. 이 역할을 다하기 위해서는 끊임없이 배우고 도전해야겠다. 배움의 길로는 노인 문화센터 혹은 복지관이나 주민센터에서도 쉽게 배울 수 있어서 좋다. 가는 곳마다 30여 개의 프로그램들이 진행되고 있어서 자기 취향과 시간에 맞게 몇 가지씩도 선택할 수도 있다. 노인들은 신체활동을 통하여 스트레스 해소 뿐만 아니라 정신건강 증진 효과나 치매 예방에도 좋다고 한다.

처음엔 어색하더라도 점점 실력이 늘어가는 모습을 보면서 성취감을 느낄 수 있고 자신감도 생기니 일석이조다. 최근 고령화 사회로의 진입 속도가 빨라지면서 노인인구 비율이 증가함에 따라 노인 세대가 즐길 수 있는 다양한 여가활동 및 취미생활 등이 각광받고 있다. 나이가 들수록 사람과의 관계 속에서 즐거움을 찾고자 하는 것은 눈부시게 아름다운 노을과 같을 것이다.

세월의 흐름은 빠른 것이어서 망설일 시간이 없다. 내가 걸어 온 발자취를 뒤돌아보면 일순간의 일이었던 것 같다. 어려운 환경 속에서 겪었던 힘든 일들을 딛고 즐겁고 싱그러운 인생으로 바꾸어 나갔던 것, 이것이 바로 노을에 빛나는 축복과 감사의 선물이 아니겠는가.

정자나무

친정집 마당 가에는 아름드리 정자나무가 있다. 이층집보다 더 높이 자란 나무는 몇백 년이 된 나무다. 이 나무를 볼 때마다 아버지를 보는 것 같아 정감이 간다. 아버지는 삼복더위에 땀으로 미역을 감으면서 갈잎을 한 지게씩 베어다 마당에 부리곤 하셨다. 가을이면 볏단을 나르시며 힘드신 내색 없이 한 가정의 가장으로 꿋꿋하게 버티어 오신 분이다.

봄이면 고목에서 새싹을 틔우고, 5월이면 초록으로 물들인 이파리들이 숨바꼭질할 때 얼굴을 살짝살짝 내미는 아이들처럼 상큼하고 예뻤다. 한여름이 되면 진초록빛이 마당에 그늘을 만들어 주어 동네 어른들의 쉼터가 되어 주었고, 가을이 깊어지면 푸른 이파리들이 붉은색으로 변하다가 겨울이면 가지마다 쌓인 눈으로 아름다운 설경을 만들어 준다.

언젠가 친정집에 갔을 때 찍어 온 정자나무 사진을 본다.

사진의 윗부분은 잉크를 풀어 놓은 듯 구름 한 점 없는 파아란 하늘이다. 초록 물이 뚝뚝 떨어질 것 같은 나뭇잎들이 하늘을 향해 손짓하고 있다.

사진의 초점인 아름드리 나무 줄기는 화상을 입어 음푹 파인 부분을 시멘트로 채워 지탱하고 있다. 사진 아래로 죽 내려오면 드러내 놓은 서까래처럼 뼈만 앙상한 버팀목이 되어 거목을 받치고 있다. 타다 남은 자리는 편편하여 시멘트로 채우기에 제외된 모양이다. 가냘픈 그 몸으로 어떻게 영양분을 퍼올려 거목으로 자랐는지, 갖은 역경에서도 묵묵히 버티어 오신 아버지 같아 보기만 해도 가슴이 아프다.

애들이 불장난을 했는지 아니면 전쟁의 참상인지 정자나무의 화상에 대한 유래는 지금도 아는바가 없다. 사진의 뿌리 부분 오른쪽에는 물기가 말라 자갈들만 널브러진 개울이 있다. 내 유년 시절 검정 고무신 한 짝으로 물고기도 잡고, 물방개를 잡겠다고 첨벙이며 물장구치던 놀이터다. 사진 좌측으론 평온해 보이는 친정집 넓은 마당이 있는데 이 마당에 드리워진 정자나무 그늘은 동네 아낙들이 옹기종기 모여 앉아 수다의 꽃을 피우던 곳이다. 온몸이 불에 타 갈기갈기 찢기면서도 꿋꿋하게 자리를 지켜온 정자나무가 사랑스러운 사진이다.

옛날에는 아무 생각 없이 수십 년을 살면서도 보이지 않던 나무였는데 지금은 내가 어디에 있어도 보이는 내 마음의 안식처이자 사랑이라는 걸 알게 되었다. 나무의 세월은 살아 있는 역사 그 자체가 아닐까?

정자나무는 수호신처럼 동네를 지켜주고, 소나기라도 퍼붓는 날이면 온몸으로 비를 막아내며 나그네의 품이 되어 주기도 한다. 동네 어르신들이 모여 앉아 도회지로 나간 자식 자랑, 농사 걱정도 하며 구수한 이야기를 나누는 즐거운 사랑방이 되기도 한다. 마당이 넓어서 멍석을 깔아 놓고 동네 남자들이 윷놀이나 장기를 두기도 하는 온 동네 사람들의 휴식처이기도 했다.

동네 사람들은 우리 집을 일러 '정자나무 집'이라고 불렀다. 지금도 친정엘 가면 정자나무가 보일 때부터 가슴이 뛴다. 허리가 굽은 어르신들이 "저기 오는 게 정자나무집 큰딸 아녀!"하고 눈을 크게 뜨고 반겨주신다.

시골과 도시의 정자나무 밑에는 꽃들의 향기와 순박한 사람들의 이야기꽃이 아름답다. 뿌리가 튼튼해야 나무를 잘 키우는 원동력이 될 것이다. 이 뿌리는 나무의 우듬지를 키우는 아버지와도 같다. 아버지를 닮은 나무는 지금도 쉬지 않고 계속 흑백의 증인으로 서 있다.

아쿠아로빅

우리 부부는 매일 아침마다 체육센터로 간다. 오늘도 맑은 공기를 마시며 나서는데 드높은 시월 하늘에 목화솜 구름이 눈웃음치며 따라온다. 그이는 헬스장으로 가고 나는 오전 타임의 에어로빅을 한 뒤 오후엔 화, 목, 토요일 반에서 아쿠아로빅(물속의 에어로빅)을 한다.

나는 이곳 수영장에서 잃어버린 나의 우측 무릎을 되찾았다. 명의가 여기에 있는 줄도 모르고 그동안 엉뚱한 데만 여기저기 헤매고 다녔다. 에어로빅은 하고 있지만 한 종목을 더 하고 싶은 욕심에 사전 정보도 없이 '써킷다이어트 요가반'에 발을 들여놨었다. 안 쓰던 근육을 썼던 탓인지 그날로 병만 얻고 하루 만에 막을 내리고 말았다. 여기저기 병원은 가는 곳마다 관절염이란다. 여러 종류의 치료를 해봤지만 통증은 가시지를 않는다. 건강관리에 조금만 방심해도 몸 이곳저곳이 삐

걱거리며 아프기 시작했다. 할 일은 아직 많이 남았는데, 눈치 없이 병마가 앞지르기를 먼저 할까봐 걱정하던 중이었다.

그러던 어느 날, 지인으로부터 아쿠아 운동을 해보라는 권유를 받았다. 물속에서 하는 운동이라 무릎에 하중을 주지 않고 주위에 근육을 강화하기 때문에 재활에 최적화된 운동이라고 한다. 또한 노화 방지에도 매우 효과적이란다. 그래서 찾아간 곳이 바로 인천 검암동에 위치한 국민체육센터다.

체육관 문을 열고 들어서면 안내접수처에서 팀장이 늘 환한 얼굴로 반겨준다. 팀장은 몸이 불편한 어른들과 장애인들에게는 더욱 친절하고 따뜻하게 대해주어 가족처럼 포근하고 편안하다.

수영장에 처음 발을 들여놓았을 때는 풀이 푹 죽어서 옆 사람들의 일거수일투족을 곁눈질로 훔쳐보며 조심스레 배워 나가곤 했다. 주변 사람들을 보며 그들을 따라 하느라 무던히 애쓰던 나는 정작 물속에 발을 담그자마자 나무토막처럼 그대로 굳어버리는 것이 아닌가! 고무 밴드를 허리에 차고 자전거 타기 동작이 기본 움직임인데 그것조차 안 되어 헛물만 켜는 나를 본 강사가 양팔에 끼라면서 링 두 개를 갖다준다.

알고 보니 지금까지 링을 끼고 운동을 했던 사람은 아무도 없었다고 한다. 그 말을 듣는 순간 쥐구멍에라도 들어가고 싶은 심정에 정말 포기하고 싶었다. 그러나 회원들 대부분이

6~70대 동년배들임을 알게 되니 조금이나마 안정감이 들게 되었고 조금씩 용기를 갖게 되었다. "나도 할 수 있다. 아자!" 하고 외치며 병을 고쳐야 한다는 일념으로 스스로 채찍질하며 두 주먹을 힘껏 움켜쥐었다.

매일같이 12시 59분만 되면 나를 포함한 5~60명의 지기들이 수영장 언저리에서 대기하고 있다가 엉덩이를 옹기종기 들이밀고 앉는다. 벽시계의 시침이 1시를 알리자, 이 시간을 기다렸다는 듯이 모두들 온몸을 물속으로 담그면서 저마다 물살을 가르는 모습은 마치 오리 떼들이 한가롭게 노니는 듯 장관을 이룬다.

운동으로 다져진 우람한 체격을 가진 강사의 "하나, 둘, 셋!" 우렁찬 구령에 맞춰 율동을 하노라면 우리는 저절로 신바람이 난다. "레벨2"라는 구호에 비호같이 온몸을 담근 채 수영모를 쓴 머리만 물 위로 쏘옥 내밀고 좌우로 착착 줄을 맞춰 움직이는 광경은 마치 바다에 떠 있는 부표를 보는 듯하다. 강사가 엄지를 치켜올리며 칭찬하는 동작에 따라 시간 가는 줄 모르고 재미에 푹 빠진 우리를 누가 아줌마나 할머니라 부르겠는가! 다들 마음은 옛날 어릴 적 동심으로 돌아간 소녀들 같았다.

이렇게 활기차게 즐기다 보면 물아일체가 되어 어떻게 시간이 지나가는지 의식조차 할 수 없게 된다. 아쿠아로빅은 수영장 바닥에 착지한 상태에서 하는 운동이기 때문에 지상 운동보다 칼로리 소모도 많아 동일한 시간에 똑같이 운동을 해도 더 큰 효과를 볼 수 있다고 한다. 아쿠아로빅의 '아'자도 입에 올려본 적 없는 내가 이 운동으로 5~6개월 만에 관절염이 완치됐다고 하면 누가 믿어줄지 모르겠다. 이제는 긍정적인 사고와 적극적인 도전으로 운동에만 전력을 다하니 병이란 불청객이 내 주위엔 얼씬도 못 하는 것 같다.

김유정 문학기행

청잣빛 가을 하늘이 드높다. 찐 고구마와 밤 그리고 약간의 상비약으로 배낭을 챙기고 집을 나섰다. 용산역에서 문우들을 만났다. 일행은 소풍 가는 어린아이들처럼 마음이 부풀었는지 웃고 떠들며 수다가 한창이다. 열네 명은 오십 대부터 칠십 대로 아이텍스 청춘열차에 오르니 하나같이 자신들이 청춘인 듯 시끌벅적했다.

시간 가는 줄 모르고 떠들다 보니 어느새 김유정문학관 입구에 들어섰다. 화단 앞에 노란 생강나무가 어서 오라는 듯 손짓한다. 강원도 사람들은 이 생강나무 꽃을 동백꽃이라고도 하고 산동백이라고도 부른다.

김유정의 대표작 중의 하나인 「봄봄」에서도 붉은 동백과 구별하려고 노란 동백꽃이라 표현했다고 한다. 이 작품의 주인공인 그는 데릴사위로 들어와 혼례식도 못 치르고 3년 7개월이나 무보수로 일만 한다. 성례를 시켜달라지만 봉필은 딸 점순이가 아직 덜 자라서 안 된다고 미룬다. 머슴인 그와 장인 사이에 점순이를 놓고 키재기하는 조형물을 얼싸안고, 우리는 수없이 카메라 셔터를 눌렀다. 새로 조성된 문학촌은 생가와 전시실, 김유정 동상, 그리고 건너편 실례마을이 어우러져 아담하고 포근한 분위기였다.

김유정의 생가는 구조가 'ㅁ'자 형으로 되어 있으며 사랑채 굴뚝이 안마당에 있는 것이 특이했다. 내 고향 초가집들은 뒤로 돌아가 지붕 위로 굴뚝을 뽑아 올려 연기를 공중으로 올라가도록 했다. 마을 집집의 굴뚝에선 조석으로 연기가 수채화처럼 피어올랐다가 새털구름같이 변하는데 그 모습이 신비롭기까지 했다.

부잣집 굴뚝은 유난히 높으며 그 높이가 부의 상징이라도 되는 듯 그 연기는 투명하고 곱게 공중으로 오르다가 옆으로 흩어진다. 그 이유는 부자들은 일꾼을 두고 사는데 여유 있게 미리미리 좋은 땔감을 준비하기 때문이다.

가난한 우리 집은 생나무를 구해다가 때는 탓에 온 집안이 연기에 묻혀 너구리 잡느냐는 말을 듣기도 했다. 생솔가지는 잘 피워지지 않아 그 연기가 대단해서 부엌을 들여다볼 수 없을 정도다. 어쩌다 비단결 같은 솔가리를 때게 될 때는 부자들이 부럽지 않은 듯 뿌듯함을 느낀다. 소나무 밑에 노랗게 떨어진 솔잎을 솔가리라 불렀다, 그것은 땔감으로 최상급이었다.

잘 마른 솔가리를 아궁이에 넣고 불을 지피면 활활 타오르는 불길이 그렇게 아름다울 수가 없었다.

어른이나 아이 할 것 없이 솔가리를 갈퀴로 긁어서 산에 흙이 훤하게 보이기도 했다. 나는 친구 따라 여러 번 깊은 산 속까지 가본 적이 있다. 사람들이 많이 다니는 가까운 곳은 모두 나무를 해가서 빨건 산이 되어 헛걸음하기도 했다. 그래서 도시락을 싸서 먼 곳까지 가기도 했다.

솔가리를 모아 놓고는 큰 나뭇가지를 밑에 깔고 그 위에 그것을 얹어 야무지게 다발을 만든다. 그 나뭇단을 머리에 이고 올 때면 고개가 자라목이 되어 어디서든 내려놓고 싶지만 나보다 두세 살 위인 언니들은 경쟁이라도 하듯 마라톤 선수 같이 달린다. 나는 이를 앙다물고 가까스로 따라가야만 했다.

요즈음 근린공원을 오르다 보면 갈색 솔잎들이 수북이 깔린 것을 보게 된다. 솔잎을 땔감으로 쓰던 시절이 있었다. 그 생각에 솔가리를 한 아름 긁어서 자식을 품에 안듯 꼬옥 안아본다. 부드럽고 편안하다.

그때는 식량이 부족하여 끼니를 거르는 경우가 많았다. 늘 허기져 살았지만, 이웃사촌이라 하여 서로 돕고 배려하는 미덕이 살아 숨 쉬던 시절이었다. 그래서 서로에게 걱정을 끼치지 않으려 굴뚝에서 연기가 나도록 일부러 불을 때기도 했었다. 그러나 천석꾼의 김유정 생가는 그 반대였다. 안마당에 굴뚝을 만든 원인중 하나가 동네 사람들이 굶기를 밥 먹듯 하는데 자기네만 꼬박꼬박 연기를 피울 수가 없어서였고, 그리고 집안의 벌레를 잡기 위해서였다는 해설가의 설명이다.

기념관 안에서 그의 작품들을 보면서 우직하고 순박한 주인공들, 그리고 사건의 전개와 반전을 떠올려 보았다. 그의 작품은 해학성이 풍부하다. 탁월한 언어 감각으로 1930년대 한국소설의 독특한 영역을 개척하기도 했다. 대표작인 「동백꽃」은 농촌을 배경으로 마름의 딸(점순)과 소작농 아들인 '나'의 순박한 애정을 해학적이며 서정적으로 그려낸 작품이다.

그들은 여러 번의 닭싸움을 거쳐 결말은 점순이가 청년이 나뭇짐을 지고 내려오는 산길에서 보란 듯이 그의 닭을 때린다. 청년은 점순이를 때리려다가 그녀의 위로 엎어지고 동백꽃 향기가 알싸하게 풍겨오는데 산밑에서 점순이를 부르는 어머니의 목소리가 들리는 것으로 끝난다.

29년이란 짧은 생애를 살았지만 주옥같은 작품들로 많은 걸작을 남겼다. 그의 순수한 마음을 선사한 문학성이 가슴 깊이 파고든다. 철 따라 갖가지 꽃들이 피는데 지금은 국화의 계절이라 산국, 감국, 구절초 등이 가을바람에 살랑거린다.

일행은 아쉬움을 뒤로 하고 머지않은 날 다시 왔으면 좋겠다고 이야기하면서 기울어 가는 석양 길을 재촉했다.

제2부

목화솜 이불의 향수

목화솜 이불의 향수

봄 햇살이 목화솜 이불처럼 따사롭다. 꽃들이 반겨주고 아지랑이 춤추는 화려한 계절이다. 봄에 새싹을 틔우고 화려한 꽃을 피워내듯 나도 오랜 동면에서 깨어나는 동물처럼 기지개를 켜고 일어선다. 그동안 게으름피우고 묵혔던 대청소를 시작한다.

이것저것 들척이다 보니 옛날 시집올 때 가져온 원앙금침이 손에 잡힌다. 이 원앙금침은 그 시절 결혼 준비물의 필수품목이었는데 목화솜 이불만큼이나 두툼한, 어머니께서 자식 사랑을 담아 직접 지어주신 솜이불이다. 막상 버리자니 '어머니의 손길을 느낄 수 있는 단 하나의 물건인데…' 라는 생각이 들어 다시 정성껏 이불보에 싸게 된다.

어머니가 공들여 만든 솜이불인데 지금은 어머니 생각에 아까워 못 버리겠고 간수 하자니 신경이 쓰인다. 어머니의 체취가 남은 이불을 차마 버릴 수가 없다. 시집온 지 45년이 넘게 사는 동안 생활 환경이 많이 변했다. 전기에너지로 주거환경이 좋아져 솜이불이 필요 없게 되었다. 숨 쉬는 목화솜 이불이 아깝다.

화학솜이 아닌 천연 솜이불이다. 핑크색 개망초꽃이 듬성듬성 피어 있는 백옥같은 홑이불은 눈이 부시다. 이불 크기에 맞추고 여유분으로 훌쩍 넘겨 네 귀퉁이를 각지게 시침한 모양은 마치 저고리 동정 같다. 이불깃은 진홍색 저고리에 진초록 치마를 입은 새색시 같다. 그러나 그 옷의 목단 꽃무늬의 양단 천은 길가의 낙엽처럼 퇴색해져 먼 길을 걸어와 뒤돌아보는 나를 보는 것 같다.

이 이불 솜은 작은이모 내외분께서 여름 내내 목화를 키우고 솜을 장만하여 혼수로 해주셨다. 밭에 목화를 심어 하얗게 핀 목화송이를 따다가 씨아로 목화씨를 제거하고 자루에 넣어 솜틀집에 가서 솜을 틀어 오기까지 고생하신 두 분 생각에 눈시울이 붉어진다. 이불을 볼 때마다 고마운 마음에 포근함을 느끼게 된다. 어머니 못지않게 사랑을 주신 이모님과 이모부님께서는 목화솜을 정성스레 매만지실 때마다 내 행복을 기원해 주셨으리라.

목화는 중국 원나라에 사신으로 갔던 문익점이 귀국할 때 씨앗을 붓 뚜껑 속에 넣어와 경북 산청의 처가에서 재배하여 전국으로 펴져나갔다고 한다. 목화는 우리 조상들과 떼려야 뗄 수 없는 소중한 것으로 목화로 무명옷을 만들어 입기도 하고, 겨울에는 옷에 솜을 넣어 솜옷을 지어 입기도 했다. 또한 솜이불을 만들어 따뜻하게 겨울을 나기도 했다. 무명천에 검은색으로 물을 들이고 깃은 빨강 물을 들여 만든 목화솜 이불 한 채 속에서 우리 다섯 자매는 복작이며 장난치고 그 속에서 꿈을 키우고 성장했다.

이모님께서 해주신 솜을 대청마루에 펴놓고 동네 아주머니들과 이불을 꿰매는 동안에도 이 맏딸의 행복을 기원했을 어머니의 얼굴을 떠올리니 내놨던 이불을 다시 들여놔야만 했다. 언젠가 솜이불 한 채는 친정에 보냈다. 한 채는 솜틀집에서 솜을 다시 틀어 두 개로 나누어 얇고 가벼운 이불로 두 채를 만들었다.

폭신한 목화솜 이불에 배를 깔고 엎드려 책을 읽으면 천지가 내 세상 같았다. 그러다 책을 덮고 스르르 잠이 들기도 했다. 통기성과 부드러운 보온성으로 청량감을 주는 좋은 직물이다. 밥이 보약이듯 잠도 보약이기에 포근하고 따뜻한 목화솜 이불이 숙면을 위한 편안한 잠자리를 만드는 데는 최고다. 큰며느리 사돈댁에서 예단으로 보내주신 우아하고 고급스런 솜이불을 혼수로 받기도 했는데 그 시절에는 온돌방 생활을 했기 때문에 오랜 세월 감사한 마음으로 편안한 잠자리를 가질 수가 있었다.

지금은 솜이불을 보기가 힘들다. 아파트와 침대 생활로 인해 두꺼운 이불이 필요 없어지면서 솜이불은 뒷전으로 밀려났다. 오늘도 구석에서 웅크리고 있는 솜이불을 살며시 안아본다.

꿈 이야기

나는 꿈을 잘 꾸지 않는다. 어쩌다 가뭄에 콩 나듯 꿈을 꾸는 날이면 그 이튿날은 양궁의 과녁을 맞추듯 놀란 토끼가 되곤 한다.

나는 그동안 몇 번인가 신기한 꿈을 꾼 적이 있었다. 우리 집은 매년 시댁 조상들의 묘를 벌초하고 관리하는데 여건이 맞지 않아 힘에 부쳤다. 우리 세대에 조상들의 묘를 정리하고 이렇게 힘든 일을 자식들에게까지 물려주지 않겠다고 생각했다. 묘를 이장하거나 건드릴 때는 윤달이 있는 해에 해야 가정에 탈이 없다는 설이 있어서 윤달이 있는 그해에 일꾼들을 맞추고 음식까지 마련하는 등 만반의 준비를 끝낸 뒤 이튿날은 고향으로 내려가려던 참이었다.

그날 밤 내 꿈에 집채 만한 커다란 황소가 나타나더니 사납게 날뛰면서 나를 뿔로 들이받으려 쫓아 오는 것이 아닌가!

도망치면서 사람 살리라고 소리를 지르려는데 목소리가 입 안에서만 맴돌고 밖으로는 영 나와 주지 않았다. 그렇게 허우적거리며 발버둥을 치다 깨어났는데, 꿈속의 일로 인하여 불안하거나 불쾌한 느낌은 들지 않았으나 왜 황소한테 쫓기며 허둥댔는지 궁금했다. 시어머니와 남편에게 그 이야기를 했더니 소 꿈은 조상 꿈이라며 큰일을 말리려고 선몽한 것이라고 하셔서 당장 계획을 취소했다.

그 일은 그렇게 잊어버리고 지내려는데 2년 뒤에 정부 시책으로 지원금이 나와서 힘들이지 않고 묘들을 정리하게 되었다. 아마 조상들께서 이렇게 도와주시려고 소 꿈을 보여주시며 내가 하고자 하는 일을 막았던 것이라는 생각이 들었다.

또 한번은 큰아들 낳을 때의 태몽이었다. 그때의 태몽은 오십 년이 지난 지금도 생생하게 살아 있으니 참으로 기이한 일이다. 내 품으로 안았을 때 한 아름이 넘을 듯한 큰 구렁이가 안방에서 슬슬 기어다니는 꿈을 꾸었었다. 구렁이 꿈은 아들이라는 말을 어른들한테 들어서 이미 알고 있었는데 아무리 꿈이라지만 그렇게 큰 아름드리 구렁이는 내 평생 처음이자 마지막으로 보았다.

세 번째 꿈은 내가 절에 다니며 큰아들을 위해 기도할 때의 일이다. 날마다 새벽 예불에 열심히 참여하면서 아들의 사법시험 기도 정진에 들어갔다. 이 일이 실천하기 어려운 덕목인 줄 알면서도 자식을 위한 일이기에 모든 걸 극복할 수가 있었는데 기도 회향과 동시에 2차 시험을 끝내고 귀가한 아들의 입이 귀에 걸려있었다. 출제 문제의 대부분이 자신이 공부한 범위 내에서 나와 답이 선명하게 보였다고 한다.

시험 발표가 있던 전날 또 꿈을 꿨었다. 어느 절인지 선명하지는 않지만 큰 대웅전이 보이더니 금방 사라지고 아라비아 숫자인 '7'이 세 번이나 클로즈업되면서 스르르 내게 다가오는 꿈을 또렷하게 꿨다. '7'이란 숫자는 예로부터 행운의 수라고 믿고 있었기에 기대하면서 아들을 불렀다.

"너 혹시 수험번호 중에 7자가 들어 있었니?"

"7자요? 사법시험 수험번호 자릿수가 원래 일곱 자리예요. 그리고 그중에 7자가 세 개가 들어 있었어요." 한다. 새로운 정보 한 가지를 그제야 처음 알게 되었다. 그리고 내 꿈이 신통력이 있음에 다시 한번 놀랐다. 그렇게 아들은 그해에 좋은 성적으로 고시에 합격했고 지금은 법조인의 길을 가고 있다.

또 다른 꿈은 하나뿐인 남동생이 췌장암으로 하늘나라로 가던 날이었다. 그날 밤에 높은 벼랑에서 굴러떨어져 소스라쳐 깨어보니 꿈이었다. 그 순간부터 내 우측 다리는 미동도 할 수 없을 정도로 나무토막처럼 뻣뻣해지면서 심하게 아파오기 시작했다. 괴로움에 몸부림치는데 막내 여동생에게서 전화가 왔다. "언니 오빠가 운명했대요!" 한다. 아픈 다리를 질

질 끌고 가서 3일 장을 치르고 나니 그 다리가 언제 아팠느냐는 듯 씻은 듯이 멀쩡해졌다. 투병 중인 동생의 우측 다리가 허벅지까지 풍선처럼 부풀었었는데, 그래서 내 우측 다리가 그렇게 아팠나 보다.

'꿈은 무의식으로 가는 지름길이다'라고 프로이드는 말했다. 꿈은 꿈일 뿐이라며 개꿈이라고 웃어넘기는 사람도 있고, 나처럼 꿈이 잘 맞아 신통력이 있다고 하는 사람도 있어 꿈속의 장면이 그대로 현실로 이어진 사람도 있으니 그냥 꿈 이야기로만 넘길 수는 없나 보다.

평소에 무엇인가에 자극받거나 억압된 욕망이나 불안이 변형되어 꿈이 되는 것 같다. 길몽만 꿀 수는 없을까? 악몽이나 흉몽이 없기를 바란다. 마음을 비우고 선하게 살면 길몽이 꾸어지겠지….

어머니와 찰떡

어머니란 단어는 언제 들어도 따뜻한 말이다. 나의 어머니는 체구가 자그마하고 아담한 몸매에 강직한 성품을 지니셨으며 인내심이 많은 분이셨다. 남의 말을 귀담아들으셨고 이웃의 기쁜 일이나 슬픈 일에는 항상 앞장서서 함께 하며 말수가 적으셨다. 본성이 부지런하고 정갈하셔서 잠시도 편히 쉬는 날이 없었다. 이미 망인이 되신 어머니를 꿈에서 뵌들 무엇하겠는가마는 꿈에서라도 뵙고 싶어 전전긍긍하지만 도무지 꿈도 꾸어지질 않는다.

어머니는 사우나와 일찌감치 친구가 되셨다. 뜨끈뜨끈한 물에 몸을 푹 담그고 나면 그야말로 원기 회복이 저절로 되는 것 같다고 하셨다. 어머니는 온양의 수많은 온천탕 중 온양온천역 앞에 있는 청주온천탕의 단골손님이셨다. 가을볕에 마당의 갈잎들이 바작바작해지는 어느 날 어머니를 모시고 목욕을 갔다.

딸 넷이 서울에 살면서 한 달에 한두 번 교대로 목욕을 해드려도 닦을 때마다 때가 뭉클뭉클 밀린다. 어머니의 작은 발을 들여다본다. 평생 어머니의 몸무게를 지탱하면서 견뎌온 발바닥의 굳살이 거북등처럼 두꺼웠다. 병석에 계신 아버지를 대신해 시어머니와 시외조모님 시동생 한 분과 우리 7남매까지 11명 대가족의 가장으로 생계를 위해 발이 닳도록 동동거리던 그 발이다.

때를 닦고 비누칠을 해 드리는 동안 어머니는 순한 아기처럼 나에게 몸을 맡기셨다. 어머니도 한 가지씩 포기하는 일에 익숙해져 가는 것만 같다. 나는 옷을 입혀드린 뒤 다시 탕에 들어가 서둘러 물을 뿌리고 나왔다. 많이 피곤해하시는 어머니를 휴게실로 모시고 나왔다.

"엄마 시장하시죠? 맛있는 것 뭘 사올까요?"

"이것저것 사지 말고 찹쌀떡이나 조금만 사와."

나는 길 건너 전통시장으로 갔다. 여기저기 구경거리들이 내 발목을 잡았지만 파김치가 되신 어머니를 떠올리며 숨 가쁘게 뛰었다. 물로 입부터 축여드려야겠기에 떡을 놔두고 지하로 내려가 정수기의 물을 받아 왔다. 그런데 갑자기 어머니의 얼굴표정이 마구 일그러지면서 허우적거리시는 것이 아닌가! 입술이 새파래지면서 눈도 못 뜬 채 숨을 거칠게 몰아쉬신다. 허기를 이기지 못해 그새 떡 한 개를 급히 잡수신 모양이다. 난 발을 동동대며 "사람 좀 살려주세요!" 라고 목청껏 소리 질렀다. 삽시간에 사람들이 모여들어 웅성거리고 있었다.

그중 한 남자가 어머니를 업고, 또 한 분은 119에 전화를 했다. 전신이 이미 석고가 되신 어머니를 부둥켜안고 "엄마! 엄마!" 애타게 불러보지만 대답이 없다. 내 몸은 사시나무처럼 떨렸고 혼은 수 만리 도망을 간 상태다. 갑자기 휴대하고 다니던 바늘 생각이 났다. 재빠르게 열 손가락을 사정없이 찔렀다. 피가 안 나온다. 손가락마다 있는 힘을 다해 누르니 선지피가 나온다. 어머니는 여전히 미동도 없다. 구급차가 왔다. 차내에서 응급 처치를 하는 동안 병원에 도착했다. 가자마자 링거를 꽂고 기도에 막힌 떡 쪼가리들을 다 꺼냈다. 폐에 한 조각이라도 들어갔을지 모르니 대학병원으로 가라는 의사의 말이다. "오늘 저녁 넘기시기 어려울 것 같으니 자손들에게 빨리 연락하세요." 하며 으스스한 말까지 덧붙인다. 어머니가 돌아가신다는 말에 가슴이 철렁하고 눈앞이 캄캄해진다. 나는 딸자식으로 그동안 아무것도 해드린 게 없다. 그런데 내 손으로 어머니를 돌아가시게 할 수는 없다. 다만 오 년 아니 일 년이라도 더 사시다 가셔야 한다.

어머니를 모시고 사는 올케가 오고 부산으로 출장 갔던 하나뿐인 남동생, 세 명의 여동생들이 총알같이 달려왔다. 우리 동기간들은 유구무언으로 생사를 넘나드는 어머니의 임종을 지켜보는 듯 불안에 떨고 있었다. 누구의 제안인지도 모르게 구급차는 대학병원으로 속력을 내었다. 나는 어머니의 손을 잡고 '하느님, 부처님, 제발 우리 어머니를 살려 주세요.'라고 하면서 애원의 기도를 했다. 그런데 갑자기 잡고 있던 어머니의 손이 움찔 하는 것이 아닌가! 손가락을 움직이더니 살며시 실눈을 뜨시고 우리들을 둘러보신다.

"엄마 괜찮아요?"

"으응, 어디로 가능겨? 집으로 안가고."

"대학병원으로 가는 중이예요."

"인제 괜찮어. 어여 집으로 가."

"그래도 혹시 모르니 병원에 들렀다 가요."

"아녀, 괜찮다니께. 그냥 집으로 가. 너희들은 저녁은 먹은겨?"

어머니는 정신이 들자마자 또 자식들 걱정이다. 발음도 제대로 안 되는 어설픈 말씀을 가까스로 하신다. 우리들은 다시 살아나신 어머니를 부둥켜안고 주체할 수 없는 눈물바다를 이루었다. 그때 어머니가 영원히 가셨더라면 내 가슴에 대못이 박혀 평생 한으로 남았을 것이다. 세월의 풍상과 병마에 시달려 초췌해진 어머니가 언젠가는 우리 곁을 떠나실 것이 두려웠다.

당신이 계시기에 내가 건재해 있음을 우리는 왜 모르고 살고 있었을까. 비록 투병생활을 할지라도 천수를 다 하는 날까지 사셔야 되는데, 어머니는 겨우 2년을 더 사시고 기어코 그 길을 가셨다. 어머니가 돌아가셨을 때 친정 문중에서는 대들보가 무너졌다고 모두들 슬퍼했다. 지금도 어머니가 그리울 때면 가끔 그 목욕탕에 가서 그 분의 체취를 더듬곤 한다. 어머니의 품에 안겨 관솔처럼 붉어진 어머니의 손마디를 만져보고 싶다.

토큰 할머니

우리 아파트 후문엔 재래시장이 있다. 찌개를 앉혀 놓고도 갔다 올 수 있는 가까운 거리라 아주 편리하게 이용한다. 백화점이나 대형마트에서는 별로 산 것이 없는데도 10여만 원을 훌쩍 넘겨 쓰게 되어, 정작 살 것은 못 사고 조바심만 내다 돌아오는 형편을 한탄하게 만들곤 한다. 그러나 재래시장에서는 3~4만 원만 들고 나가도 푸짐한 양으로 많은 물건을 살 수 있다. 3만 원만 넘게 사면 집까지 배송도 해주는데 백화점이나 마트에 비해 훨씬 싸게 살 수 있으니 서민들의 가계에도 큰 몫을 한다.

시장 입구엔 작은 행상들이 노점을 이루고 있다. 그 노점시장 맨 앞자리에는 팔순이 넘은 야채상 할머니가 계신다. 그 옆으로 신발가게와 야채가게, 그리고 과일가게들이 있다. 이들은 사이좋게 나란히 있지만 속으론 경쟁이 되는 바람에 활기가 넘친다. 시장에선 부자로 성장하기도 하고 가난을 일깨워 주기도 한다.

그러나 내가 재래시장을 좋아하는 이유는 따로 있다. 넉넉한 인심으로 모든 이를 품어 안기에 나는 이런 시장이 좋다. 상인들의 대부분은 연세가 많은 할머니들로, 친정어머니같이 따뜻하고 포근하여 고향의 정과 낭만을 느끼게도 한다. 물건을 살 때마다 봉지에 덤으로 넣어 주는 후덕함이 있어 이런 재미도 쏠쏠하다. 나는 이 동네에서 사십오 년째 살다 보니 시장 사람들과도 가족처럼 지내는 사이다. 골고루 팔아드리고 싶지만 사야 할 물건과 양이 제한되어 있어 어떤 집은 그냥 지나치게 될 때도 있는데 그럴 때는 미안한 생각이 든다.

시장에 올 때마다 나는 늘 그 첫 번째 할머니부터 찾아간다. 할머니의 가게는 아직 기반이 덜 잡혀서인지 물건이 구색을 갖추지 못했다. 그래도 그곳부터 들르고 없는 물건은 다음 집으로 가는 것이 습관이 되었고 또 그렇게 해야 마음이 편하다.

30년 전쯤 어느 가을이었다. 버스 정류장마다 토큰 판매소가 설치되어 있었는데, 그날도 토큰 판매소를 찾아갔었다. 중·고등학교에 다니는 세 아들의 토큰을 사기 위해서였다. 그때는 한 달에 한 번씩 학교에서 받아오는 회수권으로 토큰을 사서 버스비로 사용하곤 했다. 그래서 2만 원을 가지고 가면서 만원은 토큰, 만원은 도시락 반찬거리 살 돈으로 계산을 하고 나갔었다. 토큰을 먼저 사고 시장으로 갔다. 반찬거리를 이것저것 고른 뒤 값을 치르려고 주머니에 손을 넣었다. 그런데 이게 웬일인가, 있어야 할 돈이 없다.

주머니를 이 잡듯 뒤집고 털어 봐도 없다. '무심코 주머니에 손을 넣고 빼다가 흘렸나? 아니면 혹시 회수권 속에 묻혀 간 것은 아닌지,' 아무리 생각해도 어느 것 하나 확신이 안 선다. '그렇다면 토큰 가게에 다시 가서 확인해 볼까, 그냥 포기할까.' 한동안 갈등하게 되었다. 잠시 후 크게 심호흡을 하고 용기를 내어 토큰 가게를 찾아갔다.

할머니는 기다렸다는 듯 반가워하신다. 회수권 속에 끼어 있더라며 마치 맡기기라도 한 듯 파란 지폐를 선뜻 내어 주신다. 나는 그만 감격의 눈물을 왈칵 쏟았다. 남을 '속이는 온갖 일이 판치는 세상에 이렇게 양심 바른 어른을 만나다니!' 가슴이 벅차오른다. 그렇게 온 세상을 다 주신 할머니께 무엇으로든 보답해 드리고 싶었다. 고심 끝에 다시 시장으로 뛰어가 만원의 절반을 뚝 잘라 연시를 사다 드렸다. 감이 풍년이어서 오천 원어치가 제법 큰 보따리의 양이었다.

할머니는 "많은 사람을 상대하다 보니 이런 일이 종종 있지만 이렇게까지 마음 써주는 젊은이는 처음이네요."하신다. 그 뒤로 가끔 길에서 만나면 그때마다 할머니는 연시 이야기를 하곤 해서 면구스럽기까지 했다. 토큰 가게는 할아버지의 간병 때문에 그 후 바로 그만두었는데 할아버지도 돌아가셨다고 한다. 그 할머니께서 2년 전부터 노점상의 야채장사를 하셨다. 찾아오는 손님에게는 잊지 않고 덤을 후하게 주기도 하셨다. 그 때문인지 할머니의 단골도 제법 많아졌다.

어느 날은 손톱 밑에 푸른 물이 들도록 파 마늘을 까고 계시는 할머니를 잠시 도와 드린 적이 있다. 할머니께서 왜 말년에 그런 노구를 이끌고 장사를 하게 되었는지도 그때 알게 되었다. 얼마 전까지만 해도 남부럽지 않게 잘 사셨단다. 토큰가게는 소일거리로 하셨다고 한다. 그런데 외아들이 전답을 다 팔아 사업을 했는데 부도를 맞았다고 한다.

그 뒤로 며느리는 가출하고 아들까지 종적을 감추었단다. 두 명의 손자들과 생계를 이어가기 위해 시작한 장사라고 하신다. 얘기하시는 할머니와 나는 어느새 훌쩍이며 눈물을 훔치고 있었다. 사람이 살면서 하루는 저녁이 여유로워야 하며, 일 년은 겨울이 한가로워야 하고, 일생은 노년이 편안해야 한다는데 할머니 신세가 참으로 안되었다. 얼마나 도움이 되겠는가마는 남아있는 채소 몇 가지를 더 샀다.

할머니는 장 우산 하나로 해를 피해 앉아 연일 채소를 다듬고 계신다. 시장판의 질서도 조금은 자리 잡혀가는 듯싶어 후덕한 인품까지 엿보인다. 손님 한 분이 "토큰할머니! 콩나물 2천 원어치만 주세요."한다.

할머니의 노점상은 간판 대신 옛날에 토큰 장사를 했다하여 '토큰 할머니'라고 불린다. 할머니의 머리 위에 땅거미가 검게 내리면서 함지박에 몇 개 남은 야채들이 더위에 지친 듯 꼬박꼬박 조는 듯 하다. 그런 야채들을 보면 힘든 할머니의 삶도 저럴 것 같아 마음이 짠하다. "토큰 할머니, 또 봬요." 나는 일부러 힘차게 인사를 했다. 아직 해는 많이 남아있는데 할머니의 지친 삶은 언제까지일까!

비우기

하늘은 맑고 공기는 싸늘하다. 옷깃을 여미게 할 만큼 바람 끝이 차다. 가을 코스모스의 향기가 달고도 차다. 가로수는 붉게 물들었던 나뭇잎들을 하나둘씩 떨어뜨리고 묵묵히 서 있다.

그 모습을 바라보고 있노라니 나도 버릴 것은 없는지 뒤돌아보게 된다. 나는 그동안 버리고 비울 줄을 모르고 너무 많은 것들을 끌어안고 살지 않았나 싶다. 무엇이든지 채우려고만 했지 끝이 보이지 않는 욕심으로 맑은 바람이 지나갈 여백조차 없었기 때문에 마음이 거칠어지고 무디어지지는 않았나 생각해 본다.

나무들이 옷을 벗고 겨울 준비하듯 나도 장롱 정리를 했다. 얇은 옷들은 깊은 곳에 차곡차곡 넣고 그 빈자리엔 두툼한 옷들로 자리바꿈을 해주었다. 옷 정리를 하다가 25년 전 큰아들 결혼 때 준비했던 모직코트를 꺼내봤다. 자식 결혼에 들뜬 기분은 아들보다도 내가 더 했던 것 같다. 그 시절엔 맞춤 양장이 유행이었던 때라 큰맘 먹고 제일모직으로 해 입은 코트였다.

요즘엔 가볍고 따뜻한 옷이 많아서 그런 옷만 자주 입게 된다. 나이를 먹다 보니 아무리 비싸고 좋은 옷이라도 입기에 부담스러운 옷은 뒤로 미뤄놓게 되고 지꾸 편한 옷만 찾아 입게 된다. 코트를 내놨다 들여놨다를 반복하면서 갈등한다. 버리자니 아깝고 놔두자니 장롱만 차지하게 되어서 갈등하게 되는데 이 이외에도 입지 않으면서도 버리지 못하는 옷들이 몇 벌 더 있다.

나는 살림살이나 입던 옷에도 집착한다. 그렇다고 잘 입지도 않으면서 세상이 바뀌는 줄도 모르고 케케묵은 물건들에 미련을 버리지 못한다. 옷가지들을 과감하게 버리면 나름대로 소용되는 사람들이 있으리라는 것도 안다. 그러나 그것들에 묻은 손때만큼이나 언제 다시 꼭 필요할 것만 같은 생각 때문에 버리는 일을 망설이게 된다.

과거에 비해 현대 사회는 매우 풍요로워졌고 이제는 남아도는 옷이나 음식들로 고심하게 되었다. 사회는 이렇듯 물질적으로 풍요로워졌는데도 불구하고 주변을 보면 점점 더 각박해지고 빈곤해지는 사람이 많은 것 같다. 정신적으론 여유가 없어지고 베풂의 미덕이 사라져 가는 건 자기만의 욕심 때문일까? 자기가 가진 것에 만족하지 못하고 무언가 부족함을 느끼며 옆 사람에 비해 뒤진 것 같다고 생각되는 상대적 박탈감 때문일 것이다. 이런 고질병을 없애는 최고의 처방약은 '비우는 것'이다.

나도 이제 살아온 날보다 살아갈 날이 많지 않으니 옷이며 생활용품들을 하나씩 정리하고 비워야겠다. 빈 마음은 사람을 아름답게 하고 주변에 생기를 준다, 그동안 보관해 왔던 소중한 물건들을 누군가에게 나누어 주면 선물이 되지만 내가 가고 난 뒤에는 길가의 돌처럼 하찮은 취급을 받는 쓰레기가 될 것이다. 이제부터 모두 비우며 지금까지 이만큼 이루고 쌓으며 살아온 것에 대해 감사하고 스스로 격려해야겠다. 맨주먹으로 시작해서 세 아들 잘 키우고 큰 어려움 없이 여기까지 올 수 있었던 것에 대한 감사함이다.

마음을 비우니 갑자기 부자가 된 기분이다. 몸과 마음이 새털같이 가벼워진다. 나 자신에게 주어진 삶의 몫에 만족해지니 마음의 여유가 생기고, 또 그 조금의 여유가 나누어 주고 베풀 줄 아는 풍요롭고 행복한 삶을 인도할 것이다. 이렇게 이 세상 사람 모두가 마음을 비우며 욕심을 버리고 살면 얼마나 풍요로운 삶이 될까!

호스피스

지난 겨울의 일이다. 막내 여동생의 다급한 전화를 받고 일산병원 호스피스 병동으로 달려갔다. 하나뿐인 남동생이 서울 성모대학병원에서 3개월간 입원했다가 퇴원하고 석 달째 자가 치료 중이었다. 그런데 갑자기 상태가 안 좋아 그곳으로 간지 하루 만에 다시 못 올 길로 떠났다.

대학병원에서 처음엔 조형시술을 하기에 혈관을 뚫어 간단하게 치료가 되는 줄로 알았다. 그런데 며칠 후에 아주 가벼운 췌장암 초기라고 해놓곤 7시간의 대 수술을 했다. 그 후 보름 만에 다시 재 수술을 받았을 땐 중환자실에서 3일 동안 혼수상태로 가족들이 가슴을 움츠러들게 했다. 동생은 시나브로 회복이 되어가고 있었다. 의사는 항암 주사도 맞을 필요 없이 호전되어간다고 했다. 그래서 가족들은 정말 완치되어 정상 생활을 할 수 있으려니 믿고 희망적으로 지켜보고 있었다.

그런데 숨 가쁘게 찾아간 그날이 동생과의 마지막 이별이 될 줄은 꿈에도 몰랐다. 죽음엔 순서가 없다더니 동생이 먼저 하늘나라로 가는 게 아니던가, 동생을 너무 일찍 보낸 이후 동생이 생각날 때면 막연히 허공을 바라보곤 했다. 지금도 동생이 다시 못 올 길을 갔다는 게 믿어지지 않는다. 아니 믿고 싶지 않다.

죽음이 우리 남매의 경계를 갈라놓았지만 동생은 내 가슴속에 살아 있다. 해외여행이라도 간 듯 곧 다시 환하게 웃으며 "누나!"하고 나타날 것만 같다. 이렇게 마음의 중심을 못 잡고 허둥거릴 즈음, 지인으로부터 한 권의 책을 추천받았다. 급히 책을 구입해 읽노라니 어느새 마음은 흙탕물이 가라앉듯 편안해져 옴을 느꼈다. 그리고 마치 저자가 나를 위해 지은 듯 감사하며 하루 만에 다 읽었다. 이 책은 불교계 호스피스 마을인 정토마을이란 곳의 이야기를 담은 것이다. 죽음을 돌보는 사람을 호스피스라 부른다. 호스피스 활동으로 수행을 삼는 능행스님이라는 비구니 스님이 지은 책이다.

어느 날 갑자기 사형선고를 받고 찾아온 시한부 인생을 사는 이들과 그의 가족들에게 베푸는 내용이다. 마지막을 준비하는 환자와 가족들의 진솔한 이야기다. 환자들이 인생 끝자락에서 치열한 삶과 각기 다른 죽음을 통하여 그 질을 높이는 수행을 하고 있는 사람들이다. 자신의 생명을 사랑할 수 있게 도와주고, 사랑과 신앙을 통하여 다음 생을 준비하도록 인도해 준다. 죽음에서 또 다른 삶의 시작까지 밝은 희망의 빛으로 손 잡아주는 것은 살아남은 자들이 줄 수 있는 최고의 선물인 것 같다.

불교 신자인 동생 내외가 진즉에 이 책을 읽었더라면 투병생활 중에 큰 힘이 되었을 텐데 하는 아쉬움이 남는다. 그저 앞만 보고 마라톤 선수처럼 달리느라 쉬어보지도 못하고 간 동생이다. 보통 사람인 우리는 죽음을 두려워하고 무서워하며 남의 일이라고 생각한다. 죽음은 결코 무섭거나 두려움의 대상이 아니다. 자연스럽고 편안한 것이라고 생각을 바꿔야 할 것 같다. "잘 먹고 잘살자."가 우리 사회의 한 트렌드경향이 된 요즘 많은 사람들이 잘 먹고 잘살기 위해 고군분투하는 모습들을 보게 된다. 그러다 어느 날 죽음 앞에 서면 받아들이지 않으려 필사적으로 몸부림친다. 언젠가 꼭 한번은 떠나야 하는 인생, 미래를 계획하듯 내 죽음도 미리미리 준비하면서 살아가면 좋을 것 같다.

돈만 쫓으며 부모형제나 자식까지도 안중에 없는 삶이 아닌 몸은 좀 고달프고 힘들지라도 자기 위치에서 만족하고 감사하는 마음 그것이 곧 행복이 아닐까.

이 책을 읽으면서 '사람이 아름답게 생을 마무리한다는 게 과연 어떤 것일까!' 하고 생각하게 된다. 그래서 죽음 앞에서는 누구든지 지난 삶에 대해 후회하는 것 같다. '진즉에 사람들한테 더 많이 베풀고 이해하고 용서하며 사랑해 줄 걸!' 하고.

나도 황혼에 이르러 살아온 날보다 살아갈 날이 얼마 남지 않았다는 걸 실감한다. 서산에 지는 노을은 곧 나의 모습이기도 하다. 창문을 여니 새벽하늘에 별이 총총하다. 동생은 어느 별에 있을까. 이 새벽을 뒤로한 채 동생은 이 세상 인연을 어찌 놓고 이승을 하직했을까. 새벽을 맞이하는 탄생의 기쁨으로 두 손을 모아본다. 병화야! 생명의 빛살 속에 고운 연꽃으로 피어나거라.

아카시아

오월 그믐의 밤바람이 맑은 공기와 함께 제법 싱그럽게 살갗을 파고든다. 먹물 옷을 입은 밤, 창문을 여니 오늘따라 밤바람이 유난히 감미롭다. 해마다 이맘때면 바람 타고 달려와 코끝을 간질이는 산바람에 아카시아 꽃향기가 초여름 밤의 정취를 한껏 느끼게 한다.

나는 결혼 후 40년 넘게 서울 구로구 고척동에서 살았다. 오랜 세월 그곳에서 살다 보니 터줏대감처럼 되었다. 이 마을은 바로 뒤에 산이 있어 맑은 공기를 싣고 불어오는 신선한 산바람을 늘 맞이할 수 있어 좋다. 새벽이면 사람들이 줄을 잇는 산책로가 있고, 수질 좋기로 이름난 약수터도 있다. 산등성이엔 아카시아꽃이 흐드러지게 피어 그 향이 온 동네 사람들의 마음을 사로잡곤 한다.

아카시아 향은 십리를 간다고 한다. 꽃을 가만히 보노라면 공중을 나는 하얀 나비들 같기도 하다. 꽃은 하얀 이를 가지런히 드러내며 웃는 소녀의 미소처럼 신선하다. 봄이 꼬리를 감출 때쯤이면 아카시아는 여름의 신호를 알리면서 신록의 싱그러운 문을 활짝 열어준다. 꽃송이 가득 향기를 담아 나르는 모습은 마치 조신한 새 색시의 모습과도 같다.

옛날 내 고향 집 뒤로는 아카시아 나무가 울창하여 시골 토담집의 자연적인 울타리로써의 한몫을 톡톡히 했다. 또한 장마 때는 산사태를 예방해 주기도 했다. 장독대를 비켜선 아카시아 나무들이 서로 부둥켜안으며 울타리를 이루어 어느 누구도 그곳으로 넘어올 수 없게 했다. 매년 이맘때면 아카시아 나무는 그렇게 하얀 옷을 입은 파수꾼이 되었다가 여름에는 싱그러운 녹색 옷으로 갈아입었다.

초여름의 꽃이 하얗게 피면 아카시아 나무가 머리 위로 눈송이라도 치켜들고 서 있는 듯 장관을 이루었고 늘 배가 고프던 시절, 아카시아 꽃을 따서 입에 넣으면 달작지근한 맛이 허기를 달래주기도 했다. 한쪽 손엔 꽃송이를 들고 다른 한 손으론 꽃가지를 죽 훑어낸 꽃망울을 한 웅큼씩 입 안에 가득 넣고 그 맛을 느끼며 즐기기도 했다. 그렇게 욕심껏 먹다 보면 입안은 점점 떨떠름하고 비릿한 맛을 느끼게 되어 먹기를 포기하곤 했었다. 동네 코흘리개들이 아카시아꽃을 따 먹고 싶어 우리 집 뒤란으로 하나둘씩 모이던 날도 많았는데 그때마다 나는 어깨에 힘을 주곤 "너희들 내 허락 없이 따 먹지 마." 하면서 주인행세를 했다. '그까짓 야생화일 뿐인데….' 그때를 생각하면 지금도 부끄럽기만 하다.

엊그제는 그 시절 그 맛을 한번 느껴보고 싶은 충동이 생겨서 뒷산의 아카시아꽃을 따서 입에 넣고 씹었는데 그 모습이 마치 염소가 풀을 먹는 듯 누가 보기라도 할까 두려웠다. 비릿한 냄새와 껄끄러움 때문에 입안에서만 뱅뱅 돌뿐 도저히 삼킬 수가 없었다. 지금은 먹거리가 남아도는 세상, 좋은 음식들로 입맛도 최고급으로 변한 듯싶다.

아카시아 나무는 척박하고 경사진 곳에서도 잘 자란다. 다른 나무에 비해 잘 살뿐 아니라 생명력이 강해 금방 이리저리 잘 뻗어나간다. 아카시아 나무를 심으면 뿌리가 깊고 넓게 자리를 잡아버려 주위의 나무들은 물론 풀들도 살아갈 수가 없다. 나무를 베면 벨수록 뿌리에서 새순이 돋아나므로 뿌리째 캐내지 않으면 계속 새순이 돋아서 악종나무라고 한다. 그러나 지금은 꿀과 맑은 공기를 제공해 주는 효자 나무 역할을 한다. 해마다 봄이 되면 싱그럽고 예쁜 꽃과 꿀을 제공하며 많은 사람의 사랑을 받는 이 나무가 악종 나무라니….

아카시아꽃은 우리에게 희망과 평화, 낭만과 기쁨을 안겨주기도 한다. 아카시아는 하얀 속살을 드러내 놓고 앓다가도 오뚝이처럼 금방 다시 일어서는 생명력이 강한 나무다. 살아

오면서 수많은 우여곡절을 겪을 때마다 슬럼프에 빠졌던 나! 나도 아카시아처럼 강인함으로 살았으면 좋겠다. 아카시아 꽃처럼 삶의 향기를 폴폴 풍기며 내면의 향기와 인품의 향기까지 멀리멀리 퍼지게 할 수 있다면 얼마나 좋을까! 푸른 하늘과 종달새를 머리에 인 채 허위허위 오던 봄이 너무 빨리 지나가 아쉬움을 느낄 때, 여름이 아카시아 꽃향기를 앞세우고 요란하게 서둘러 다가오고 있다.

네 자매의 일본 여행

우리 네 자매는 2박3일 일본 여행을 다녀왔다. 첫째 동생이 일본 여행을 하자는 갑작스러운 제안에 모두 동의했고 막내 동생이 계획을 세우고 급하게 준비해서 떠나는 여행이었다. 갑자기 간 여행이었지만 즐겁고 보람되게 잘 다녀오게 되어 감사한 마음이다. 나는 얼마 전까지만 해도 친구들 모임에서 가는 것이 즐겁고 좋았었다. 그런데 언제인가부터 즐거운 여행보다는 편안하고 여유로운 여행이 좋아졌다. 이 얼마나 다행이고 행복한 일인가! 나이가 들어감에 따라 동기간의 소중함을 더더욱 알게 되었으니 말이다.

김포공항에서 오전 9시발 대한항공 비행기에 탑승하자 잠시 후 이륙하기 시작했다. 비행기에서 내려다보는 창밖에는 수백 개의 산봉우리들이 뭉게구름에 가려졌다 햇살 아래로 나왔다 들어갔다를 반복하며 파노라마처럼 펼쳐지고 있었다. 새파란 하늘을 머리에 이고 있는 봉우리들 위로 마치 내가 하늘을 마음껏 날아다니는 천사가 된 기분이었다. 비행기는 1시간 40분 만에 일본 오사카 간사이 공항에 도착했다. 순식간에 내리게 되니 마치 이웃에 마실이라도 간 듯하다.

난바역으로 가는 전철을 타고 가며 창밖으로 펼쳐지는 오사카 근교 풍경을 감상했다. 고층 아파트와 다세대 주택인 우리나라와는 다르게 아담한 2층 주택이 많은 게 인상적이었다. 일본이란 나라는 한눈에 봐도 온 시가지가 깔끔하며 규격에 맞춰 정리 정돈이 잘 되어 있다.

우리는 난바역에서 내려 그리드 프리미엄 호텔에 여장을 풀었다. 잠시 휴식을 취한 뒤 공원에서 마음대로 노니는 사슴이 많기로 유명한 나라공원을 찾아갔다. 2000여마리나 된다는 사슴들은 관광객들이 주는 먹이를 얻어먹으려고 강아지처럼 따라다니는 데 그 모습이 신기하고 귀여웠다. 나라는 우리나라 삼국시대의 문화를 받아들여 일본 최초의 국가를 세웠다고 한다. 그래서 '국가'를 뜻하는 '나라'가 그곳의 이름이 되었다고 하는데, 나라는 동양적인 미와 일본적인 정취가 물씬 풍겨 나는 조용한 곳으로 마치 우리나라 경주의 어느 거리를 걷는 듯한 인상을 주었다.

이튿날은 교토로 향하였다. 단풍 여행이라면 교토 '청수사(기요미즈데라)'라는데 우리는 조금 이른 철에 가게 되어 빨간 단풍을 제대로 보지 못하고 오는 아쉬움이 있긴 했지만, 청수사를 가득 메운 청단풍의 아름다움을 보는 즐거움도 느낄 수 있는 좋은 기회였다. 역사가 오래된 청수사의 삼층탑과 단풍나무 사이로 보이는 교토시내의 모습은 우리의 눈을 자극하기에 충분했으며 우리는 이 예쁜 모습을 조금이라도 놓칠세라 셔터를 눌러대기에 바빴다.

우리의 발길이 닿는 곳마다 인산인해를 이루어 사람 속을 헤치고 다닐 정도였는데, 단풍철이 아닌 지금은 관광객이 적은 편이라고 하니 단풍철에는 얼마나 많은 관광객이 모여들지 궁금하기도 하다. 곳곳에서 기모노를 입고 사진 찍는 여자들을 보노라니 '여기가 한국의 경복궁 같은 일본의 여행지구나!' 라는 생각이 들며 우리 문화에 대한 자부심을 다시 한 번 일깨우는 소중한 시간이었다. 청수사 관광을 마치고 니넨자카, 산넨자카를 걸어내려오면서 일본의 관광사업과 건축문화를 둘러보는 기회를 갖기도 했다. 친절한 주인장이 내주는 카레로 점심식사를 해결한 후 다음 장소인 교토고쇼로 향하였다.

교토고쇼는 약 500년간 일왕이 기거하며 정무를 보았던 왕궁의 역할을 한 곳이다. 니조성은 정기휴일이라 관람을 할 수가 없었고 니조성을 배경으로 사진만 찍고 돌아오는 아쉬움이 있었는데 교토코엔의 규모와 공원안에 아름답게 자라고 있는 멋있는 소나무에 감탄하면서 성 밖만 한 바퀴 돌고 나와야 했다. 이렇게 오랜 세월이 지났지만 조금도 훼손되지 않고 옛 모습 그대로 보존되고 있는 모습을 보니, 문화재 관리를 잘하고 있는 일본인들의 꼼꼼함을 다시 한 번 생각할 수 있었다.

다음으로 우리는 금각사(킨카쿠지)로 향하였다. 금각사는 누각에 금박으로 덮여 있어서 붙여진 이름이라고 한다. 금각사에서는 부적으로 만들어진 입장권을 사용한다. 이 특별한 입장권을 보면서 역시 일본은 많은 미신을 믿는 나라라는 것이 실감났다. 금각사는 일본에서 가장 유명하고 아름다운 사찰 중 하나로 많은 관광객이 방문한다고 한다. 금각사 주변에 있는 정원과 연못을 감상할 수 있는데, 연못에는 금각사의 모습이 그대로 비친 아름다운 풍경을 만들어 내고 있어서 감탄이 절로 나오는 곳이다. 금각사로 가는 시내버스 안에서는 친절한 할머니를 만나 동생과 많은 대화를 나누는 모습을 보았는데 그 할머니는 우리나라에 많은 관심을 갖고 있었으며 생각 외로 알고 있는 것도 많은 것 같았다. 동생은 말이 잘 통하는 사람을 만나서 신이 났는지 우리나라 자랑, 우리 자매에 대한 이야기 등 끝이 없이 대화를 주고받고 있었다. 그 친절한 할머니 덕에 금각사로 가는 길을 쉽게 찾을 수 있었으니 고마운 분이다.

위의 3곳은 2000년도에 내가 방송통신대학 졸업여행으로

1차 갔었던 곳이기도 하다. 그때는 학교에서 패키지로 갔기 때문에 단체에서 이탈하지 않으려고 쫓아다니기에 바빴었다. 이번에는 우리 자매끼리 맛있는 것도 사 먹고 유유자적하며 여유롭게 다닐 수 있어서 여행의 즐거움과 행복은 배가 되었다.

교토에서의 마지막 코스인 아라시야마 공원으로 갔다. 아라시야마 역에는 관광객들이 붐비고 있었으며 상가마다 먹거리가 화려하다. '일본' 하면 '온천', 온천을 빼놓고 온다는 것은 말도 안되는 일, 늦은 시간임에도 우리는 '후후노유'라는 온천을 찾아 일본의 노천탕 및 전통적인 온천을 체험하며 하루의 피로를 깨끗이 날리고 밤늦은 시간에 오사카로 다시 돌아왔다.

셋째 날, 우리는 오사카성을 관람하고 호텔에 맡긴 짐을 찾으러 난바역까지 다시 와서 돗돈보리를 둘러보는 등 쇼핑도 하면서 마지막 날을 즐겼다. 이날 점심은 고르고 고르다가 정식으로 해결했다. 생선을 좋아하지 않는 나를 배려하여 동생들은 스시를 먹자는 말을 한 번도 하지 않았고, 밀가루를 가려 먹는 우리 자매들은 우동조차도 한 번도 먹지 않을 정도로 먹는 것에 인색한 여행이었지만 네 자매가 처음으로 떠난 해외 여행이었던 만큼 얻은 것이 많은 알차고 보람된 시간이었다.

이번 여행은 막냇동생이 주선해 주었다. 동생은 몇 년 동안 일본 생활을 했고 일어 공부까지 해서 대화에 능통하여 우리네 자매는 편하고 즐겁게 여행할 수 있었다. 동생들은 내 짐까지 운반하며 컨디션을 체크하는 등 계속하여 나를 챙겨준다. 생각해 보면 내가 동생들을 사랑한다고 했지만, 항상 동생들이 나를 더 챙겨주고 사랑한다고 여겨진다.

동생과 대화하는 일본 사람들의 표정을 보면 길을 안내해 줄 때도 따라다니면서까지 친절하게 가르쳐주는 등 모두 미소 짓는 얼굴로 가족처럼 대한다. 사람들은 언제 어디서나 예의 바르게 고개 숙여 인사하는 게 익숙하다. 이런 점들은 우리가 배워야 할 본보기라고 생각된다. 일본의 유명한 관광지나 공항에서는 한국말로 안내까지 해주는 친절함을 보이기도 한다.

일본의 깨끗하게 정리된 거리와 친절한 사람들을 보면서 다음에는 도쿄로 다시 가보고 싶다고 말하고 있는 걸 보니 첫째 동생은 일본 사랑에 푹 빠진 것 같다. 다시 이어질 우리 자매들의 다음 여행지를 기대해 본다.

사회 봉사활동

오늘은 안국동에 위치한 '서울 노인복지센터' 에 봉사하러 다녀왔다. 내가 다니는 절에서 '아름다운 동행' 봉사단원들이 급식 자원봉사를 하는 날이다. 새벽에 일어나 부지런히 서둘러 집을 나섰다. 비 온 뒤의 아침 공기를 길게 심호흡하면서 상쾌한 기분으로 길을 재촉했다. 아파트 입구를 나서니 싱그러운 흙냄새와 더불어 갖가지 꽃나무들이 마음을 한결 밝게 해 준다.

난생처음 참여하는 봉사활동이다. TV 매체나 절, 교회, 성당에서 하는 체계적인 봉사단체 활동을 보며 그분들의 열정과 성실성에 부러움과 존경심을 갖고 있었다. 그래서 나도 언젠가는 방관자가 아닌 주인공이 되는 삶을 그려보곤 했었다. 도반들과의 만남과 자원봉사자로서의 기대와 설레는 마음은 약속 장소인 전철역으로 부지런히 발걸음을 옮기게 했다.

도반들과 만나 시간 가는 줄 모르고 이런저런 대화를 나누다 보니 어느새 서울 노인복지센터에 도착했다.

그곳에 발을 들여놓고 보니 '현대오일뱅크' 봉사자들이 이미 와서 자리를 잡고 있었다. 우리 절 도반들 25명과 현대오일뱅크 남자 직원들 36명까지 61명이 급식 당번에 참여하게 되었다. 간단한 인원 파악과 취지, 배식 요령에 대한 교육을 받았다. 겸손하고 품위 있는 언행으로 인격과 개성을 존중하며 단정한 자세, 철저한 위생관리에 임할 수 있어야 한다는 말을 귀담아들었다.

교육이 끝난 뒤 우리는 아침 겸 점심을 먼저 하고 위생장갑, 모자, 앞치마를 둘렀다. 배식, 테이블 도우미, 세척 등 각 분야별로 세분화되어 각기 짜여진 조대로 활동을 시작했다. 나를 포함한 6명이 테이블 도우미가 되었는데 선별해서 뽑힌 사람이기에 우리 단원의 얼굴임을 재확인 시켜줘야 한다면서 팀장이 활짝 웃는다.

할머니는 십여 분에 불과하고 할아버지 천국이었다. 매일 2,000여 명에게 중식을 제공하는데 그날은 근동에 행사가 있어서 1,441명이 다녀가셨다. 순조롭게 진행되다가도 갑자기 한꺼번에 많은 어르신들이 오실 때는 정말 눈코 뜰 새가 없었다. "맛있게 드세요." 하며 미소까지 얹어서 식판을 드리면 수고한다는 인사 말씀을 잊지 않으신다. 정신없이 두 시간 동안 움직이니 이마에선 땀이 송골송골 맺힌다.

어느새 팔과 다리는 힘이 든다는 신호가 온다. 머리에 쓴 모자는 왜 그리 자꾸 내려와 눈을 가리는지 모를 일이다. 어르신들에게 모자를 올려달라고 부탁한다. 어르신께서는 모자를 이마 위로 살며시 올려주면서 또 내려오면 언제든지 부탁하라는 말씀까지 덧붙이신다. 팀장은 예쁜 모습을 사진에 담느라 부지런히 오가며 셔터를 눌러댄다. 두건이 잘 어울리는 도반님은 내 옆에서 식판 서빙하기 바쁘다. 세척 파트에서는 쨍그랑 덜커덩 그릇 씻는 소리가 고요한 정적을 깨뜨린다.

이런 것이 바로 열심히 살아가는 우리들 삶의 의미라는 생각이 들었다. 직접 현장 체험을 하며 각기 맡은 분야에서 열심히 일하는 자원봉사자들을 보니 더욱더 아름답게 보였다. 모두가 사랑스럽고 소중한 도반들이다.

노인들의 여가는 일하고 잠시 쉬는 것이 아니라 생활 그 자체다. 그러므로 그분들에게 여가 활동은 각자에게 위안과 만족감을 줄 수 있어야 한다. 서울 노인복지센터는 휴식 활동이나 오락 등, 단순한 여가 활동이 아닌 평생교육이나 사회 활동 중에 이웃과 지역사회 발전에 이바지할 수 있도록 도움이 되고 있다. 모든 조건들이 갖추어져 있는 훌륭한 곳이며 다양한 문화 체계가 잘 갖추어 있어서 노인들의 여가선용에 도움을 줄 수 있는 곳이다.

모두들 보람되고 흐뭇한 하루였다고 만족해한다. 앞으로 자주 봉사활동을 하겠다고 다짐하는 모습이 참으로 믿음직스럽고 존경스러웠다. 봉사란 남을 위해 하는 일이 아니라 자신을 위한 일이라는 것도 알게 되었다. 봉사하는 마음이 이토록 뿌듯하고 행복한 일인 줄을 모르고 지금까지 지내왔다니…, 보상도 기대하지 않는다. 우리 모두의 힘을 합쳐 이웃과 더불어 서로 상생의 길로 나아가 성숙한 사회인이 되었으면 좋겠다.

새 출발하는 원앙

결혼식장은 하객들로 대만원이다. 노총각 막둥이를 장가보낸다는 안도감으로 집안 어른들은 흐뭇한 미소를 감추지 못한다. 대기실에는 모델로도 손색이 없을 듯한 박꽃처럼 환하고 예쁜 신부가 내 며느리가 되기 위해 다소곳이 앉아 있다.

그런데 우리는 사돈과 상면의 자리를 갖지 못했다. 그래서 신랑인 아들의 주선으로 양가의 상견례를 즉석에서 하게 되었다. 사돈댁이 울산이라 거리 관계로 차일피일 미루다가 오늘에 이르게 되었는데, 아무리 저희들끼리 좋으면 된다고 해도 사돈 간의 만남은 세상에서 가장 어려운 자리인 것 같다. 새 인연의 관계는 자녀의 행복과 가문의 장래에도 크게 영향을 미친다. 첫 만남은 말 한마디 행동거지 하나에도 조심스러울뿐만 아니라 신랑된 본인의 체통이자, 우리 가문의 얼굴이 되는 어려운 자리이다.

그런데 문득 22년 전 친정 막내 여동생의 결혼 때도 오늘처럼 즉석 상견례를 했던 생각이 나면서 나도 모르게 입가에 미소가 지어진다.

"형님 내외분께 제 큰 형님과 형수님을 소개하겠습니다."

새 신랑인 제부가 부모님을 대신한 우리 내외에게 하는 말이다. 양가가 어머님이 계시지만 고령에 건강까지 안 좋으셔서 우리가 그 자리를 대신하고 있었다. 심호흡을 길게 하고 녹색 한복을 곱게 입은 제부의 형수와 마주했다. 그런데 뜻하지 않은 일이 벌어졌다.

"아니! 아줌마가 웬일이세요? 세상에 이럴수가 할머니께서는 편안하시죠?"

"어머나! 이게 누구에요? 이렇게 사돈으로 만나다니 정말 반가워요."

"아직도 그 동네 그냥 사세요?"

"그럼요. 우리는 그 동네 터줏대감인걸요."

서로는 이산가족이라도 만난 듯이 반가움으로 두 손을 마주 잡고 양가의 안부를 물었다. 새 사돈이란 커다란 무게의 짐이 친구와의 만남으로 저절로 땅바닥에 내려지는 기분이다. 사돈이란 거추장스러운 옷을 훌훌 벗어 던지고 가벼운 마음으로 자리에 앉았다. 그런데 정이 들 만큼 친밀감이 넘치는 사이인데도 언제 어디서 어떻게 알았던 사람인지 영 생각이 안 난다. 무의식중에 반색하게 되는 걸 보면 보통 사이가 아니었던 것은 분명한데 말이다.

주례가 무슨 말을 했는지, 결혼식이 어떻게 끝났는지, 남편은 남편대로 나는 나대로 기억 되살리기에 급급했다. 우리 동네 입구에서부터 슈퍼, 과일가게, 생선가게, 야채가게, 양품점, 신발가게, 식당까지 차례로 기억을 더듬어보았다. 그런데도 미궁이다. 예식이 끝나 집에 도착하고 1시간 이상 지났는데도 도무지 실마리조차 잡히질 않는다. 더는 어찌해 볼 수가 없어 "에라 모르겠다." 하고 큰대자로 자리에 누웠다. 두 눈을 지그시 감고 그동안 헝클어지고 지친 머리를 쉬고 있는데 갑자기 생각이 났다. 어느새 내 손엔 수화기가 들려 있었고 새 사돈과 나는 호호 하하 한동안 수다의 꽃을 피웠다.

내 결혼 생활 초기에는 사글세방을 전전했다. 그러다가 10여 년 만에 23평짜리 주택으로 첫 내 집을 장만했다.

집값에 보태느라 방 세 개 중 하나를 세를 놓게 되었는데 어느 날 남편의 직장 따라 방을 얻으러 왔다는 서글서글하고 상냥한 여인이 내 마음을 사로잡았다. 그때부터 우리는 한 지붕 두 가정으로 살았다. 밤낮을 가리지 않고 이마를 맞대고 살다 보니 자매처럼 다정한 사이가 되었다. 서로의 마음속 깊이 숨겨둔 비밀까지도 서슴없이 털어놓는 사이가 되었다. 그때 그녀에게는 시동생이 두 명 있었는데 첫째는 군 복무 중이었고 막내는 의과대학 재학 중이라고 했다. 맏형수인 자기가 등록금을 대주는데 그 해가 고생 마지막 해라면서 웃었다.

새댁은 항상 밝고 긍정적인 성품이라 내가 점수를 후하게 줬던 여인이다. 나한테 여동생이 두 명 있어서 짝을 맞춰보느라 고심도 했지만, 어느 쪽과도 잘 맞지 않아 세월만 흘러가고 말았다. 8개월 정도 살다가 직장 따라 본가로 다시 들어간지 6년여의 세월이 지난 것 같다. 눈앞에서 멀어지면 마음도 멀어진다는 말이 있듯이 그녀가 이사 간 뒤로는 기억에서도 까맣게 잊고 살았다.

그런데 초등학교 교사인 막내 여동생이 생면부지의 뚜쟁이를 통해 혼인 말이 오갔다. 그렇게 선을 봤지만 왜인지도 모르게 실패로 돌아갔다. 얼마 후 이번엔 다른 소개소의 연결로 또 선을 보게 되었는데 먼저 선을 봤던 그 사람이었다. 그리고 새신랑은 옛날에 군 복무 중이었던 그녀의 시동생이었다.

그렇게 웨딩마치를 울린 그들, 지금 제부는 중학교 교감 선생으로 부부 교사다. 아들 둘은 어느새 대학을 휴학하고 군인이 되었다. 온 가족이 성실한 크리스천이 되어 장로와 권사의 소임까지 맡아 다복한 가정을 이루고 산다. 정말 세상은 넓고도 좁다는 말이 실감 난다. 일면식도 없는 사람이 놔준 다리인데 이렇게 사돈으로 만나다니, 혹시 같이 살았을 그때 주워 담지 못할 말은 하지 않았는지 뒤를 돌아보게 된다. 그러기에 사람은 살면서 언제 어디서나 말 한마디나 행동도 조심해야겠다는 생각을 하게 되었다. 세상은 나의 사돈 관계처럼 넓기도 하지만 한없이 좁기도 하기 때문이다.

오늘은 온 세상을 꽁꽁 얼어붙게 하는 혹한이지만 한 쌍의 원앙으로 인하여 내 마음은 민들레 씨앗처럼 가볍게 난다.

백두산 천지

아침 해를 바라보며 백두산 천지를 탐방할 생각에 가슴이 설레었다. 동네 부부친목회에서 여자들 일곱 명이 중국 여행길을 나섰다. 우리 일행은 우리끼리 가는 해방된 기분에 새털처럼 가벼운 기분이다. 도시의 생활이란 작은 공간 속에 갇힌 채 똑같은 일상의 틀 속에서 삶을 꾸려가던 중 휴가를 받았으니 새 세상을 얻은 듯 기분이 홀가분하고 좋았다.

우리는 인천항에서 페리호를 타고 단동으로 향했다. 오후 6시에 출항하여 15시간이나 소요되는 먼 뱃길이었다. 하늘을 나는 빠른 길도 좋지만 망망대해를 바라보며 배를 타는 낭만적인 느낌도 좋았다. 우리는 갑판에 옹기종기 모여 앉아 밤하늘의 무수히 쏟아지는 별들을 헤아려 보며 고향의 향수에 젖기도 했다.

단동에서 하루를 묵고 이튿날 백두산을 오르기로 했다. 우리 민족의 성지인 백두산을 내 나라 땅에서 오르지 못하고 중국땅을 돌아 오른다는 현실에 마음이 착잡했다. 중국 사람들은 그곳에 살면서도 백두산 천지와 만리장성을 관광하는 것이 소원이라고 한다. 중국 사람들은 백두산을 장백산이라고 부르는데, 청태조 누르하치도 장백산맥 줄기에서 태어났다고 한다.

백두산은 워낙 바람이 세고 추우며 비까지 자주 온다고 해서 비옷까지 단단히 준비했다. 백두산 날씨는 변화무쌍해서 아래쪽에서 아무리 날씨가 좋아도 백두산 꼭대기에 있는 천지의 날씨는 알 수가 없다고 한다. 여름이라 비는 더욱 잦다면서 내일을 위해 피로를 풀려면 마사지를 받아야 한다고 가이드가 일러주었다. 우리는 가이드의 안내에 따라 어쩔 수 없이 계획에도 없던 마사지를 받아야만 했다. 그래서인지 다음 날은 날아갈 듯 몸이 가벼웠다.

아침에 일어나 보니 다행히 날씨가 쾌청했다. 버스가 비포장 도로를 두 시간 넘게 덜컹거리며 달리는 바람에 온몸이 쑤시고 몹시 아팠다. 백두산 주변의 환경은 우리의 50년대 생활수준 같았는데, 변소에는 칸막이가 아주 없거나, 설령 칸막이가 있다고 해도 양쪽에서 서로 얼굴을 마주 보고 일을 봐야 하는 진풍경에 낯이 뜨거워 무안했다. 끝이 보이지 않는 옥수수밭을 지나고 중국동포의 초가집을 지나 벌판을 달리던 버스가 나지막한 산허리를 넘었다.

그곳에 도착하니 아침에 그렇게 맑던 날씨가 금방이라도 비가 쏟아질 것만 같았지만 고맙게도 비는 종일 잘 참아 주었다. 정상까지는 500미터라는데 승용차로 20분 정도 걸린 듯했다. 우리는 정상 50미터 지점에서 하차하여 걸었다. 사방을 둘러보니 나무는 자라지 못하여 바위에 이끼가 낀 것 같이 푸르스름해 보였는데, 자세히 보니 이름을 알 수 없는 고산 식물과 가냘픈 야생화가 섞여 있었다.

정상에서 천지를 내려다보니 구름이 잔뜩 끼어 뿌연 분지에는 아무것도 보이지 않았다. 드높은 하늘에서 구름을 타고 쏟아지는 듯한 장백폭포도 구름에 가려져 있어서 제대로 볼 수 없었다. 우리는 백두산 천지를 보지 못하고 하산할 수가 없다는 생각이 일치하여 구름이 걷히기를 기다렸는데, 얼마나 기다렸을까. 바람이 구름을 말아 올리듯 감아 몰아내니 기다리고 기다리던 신비의 천지와 코발트색 하늘이 파랗게 다가왔다. 누가 먼저랄 것도 없이 "와아!" 하며 천지가 보인다고 함성을 질렀고 우리는 그 황홀경에 정신을 차리지 못했다.

그것도 잠시 잠깐 신비의 천지를 보여주던 하늘은 다시 두꺼운 운무로 지척을 가리기 힘들 정도로 시야를 가렸다. 시시각각 눈 깜짝할 새에 변하는 기상이 신비롭고 외경스럽기까지 했다. 우리는 모두 행운의 날이었다고 박수를 치며 즐거워

했다. 마음 같아서는 뛰어 내려가 물속에 손이라도 담가보고 싶었지만 그럴 수 없는 안타까움에 추억이 될 만한 것은 사진밖에 없다며 천지를 배경으로 갖가지 포즈를 취하면서 수없이 셔터를 눌러댔다.

숭고하고 장엄한 백두산을 뒤로하고 내려오기가 무척 아쉬웠다. 설악산, 도봉산, 관악산을 배낭 메고 수시로 오르듯 언제쯤 백두산을 또 오를 수 있을까? 조국땅을 밟으며 백두산에 오르게 될 날을 바라는 마음 간절하다.

파리와의 전쟁

파리가 겁도 없이 내 이마에 앉아 두 다리를 비벼대고 있다. '어디로 들어왔을까? 우리 집은 며칠 전에 여름을 나기 위해 새 방충망을 쳤다, 마음속까지 산뜻해진 듯한 기분에 한껏 행복감을 느끼며 책꽂이에서 황송문의 시집 중 『조선소의 바다』 한 권을 뽑아 들었다. 작업복을 입은 것 같은 편안함과 자유로운 자세로 책을 읽기 시작한다.

그런데 어느새 날아왔는지 파리 한 마리가 독서 중인 내 신경을 살살 건드린다, 녀석은 내 사생활이 왜 그리 궁금한지 이마에 살며시 와 앉는다. 이 시간을 누구에게도 침해받지 않으려는 마음에 무장을 단단히 했기에 녀석을 혼내 주려고 몰래 손만 들었는데도 어찌 먼저 알았는지 어디론지 날아가 버렸다.

'들어오기도 했으니 나가기도 하겠지', 안도의 숨을 내쉬고 다시 독서에 열중하기 시작한다. 그런데 또 녀석이 어디서 나타났는지 왕방울 눈을 껌벅이며 고개를 갸우뚱하더니 다리를 살살 긁기 시작한다. 몸이 근질근질하여 움찔했다.

순간, "윙!"소리를 남기고 또 종적을 감추었다. 이제는 이불로 다리를 덮고 느긋함에 여유로운 마음까지 더하여 커피까지 마시면서 계속 책 속에 몰입한다. 그러나 녀석이 어디에 숨었다 다시 나타났는지 이제는 가녀린 실 다리로 팔꿈치를 긁적이고 있는 게 아닌가. 도무지 대화가 안 되는 녀석이다. 나는 그만 자리에서 벌떡 일어나 앞뒤 문을 활짝 열어제치고 신들린 무당처럼 옷가지를 흔들며 '파리 쫓는 춤추기'에 이르렀다. 그러자 녀석이 이번엔 천정에 찰싹 달라붙더니 마음대로 해 보라는 듯 서커스단의 곡예사처럼 갖가지 재주를 잘도 부린다.

파리의 다리 끝에는 '며느리발톱'이라는 예리한 발톱이 있는데 거기에는 수많은 털이 빳빳하게 나 있다. 그 털이 천장에나 사람의 몸에 착 달라붙는 중요한 역할을 한단다. 계속하여 파리와 실랑이를 하다 보니, 어릴 때 고향에서 극성스런 파리와 전쟁을 하던 일이 떠 오른다. 외양간과 변소를 윙윙거리며 넘나들던 파리떼가 새까맣게 날아다녔다. 그런데 미처 뚜껑을 덮지 못한 보리밥 위에 파리들이 새까맣게 앉아있었다. 그런 밥도 파리떼를 훠훠 쫓아버리고 맛있게 먹기도 했다.

극성스럽게 얄미운 파리를 없애기 위해 파리약을 놓기도

하고 파리채로 때려잡곤 했다. 하지만 살려 달라고 손발을 비벼대며 애원하는 놈들을 보면 안쓰러운 마음이 들기도 한다. 그런 파리를 잡고 잡아도 파리의 숫자는 오히려 더 늘어나기만 하니 웬일인지 모르겠다. 죽는 놈보다 번식하는 놈들의 수가 많다는 것을 비로소 알게 되었다. 한 놈 죽이면 두 놈이 생겨나고, 두 놈 죽이면 네 놈이 날아다녔다. 아무리 방어를 해도 약삭빠른 파리에게 안방과 주방을 점령당하고 만다. 할 수 없이 파리와의 전쟁에 두 손 들어 항복하고, 파리가 주인이 되어도 어쩔 수 없이 한 공간에서 함께 사는 수밖에 없었다.

집파리는 번식이 매우 빨라서 방해받는 조건만 없다면 한 쌍이 여름 한 철에 최대 325조9천2백32억 마리의 자손을 남긴다고 하니 지구는 파리란 이불로 덮여버릴게다. 한 쌍이 그 정도로 새끼를 퍼뜨리니 그 많은 놈들이 죽지 않고 알을 낳는다면 이 지구가 어떻게 될까? 검정색 파리의 세계가 되지 않을까! 두렵지만 다행히 포식자들에게 잡아먹히기도 하고, 인간이 만든 과학의 함정에 빠져 제 구실을 못하게 되기도 하여 생태계가 균형을 이루게 된다니 그나마 다행이라 생각된다.

파리와의 싸움에 눈이 '퀭' 하도록 지쳐 잠시 눈이나 붙여볼까 하고 거실에 큰 대자로 누웠다. 그런데 이때를 기다렸다는 듯 외출했던 막내아들이 들어와 살며시 내 팔을 껴안으며 파리보다도 더 열심히 손을 비벼대면서 아양을 떤다. 며칠 전에 보름동안 쓸 용돈을 줬더니 열흘 만에 다 써 버리고 손을 벌린다. 여자 친구가 생겼다더니 지출이 느는 듯싶다. 그러고 보면 안 줄 수도 없고 안 주고도 못 배기게 달라붙는 녀석에게 왕밤을 한주먹 주고는 못 이기는 척 또 쥐어준다. 이렇게 나이 들어가면서 알갱이를 다 빼주다 보면 파리가 빨아먹던 보리밥 신세가 되는 건 아닌지…,

가진 것도 없게 되고 어느 순간 아무 쓸모도 없을 파리 목숨이 되는 건 아닐지 두렵다. 언제 날아갔는지 파리는 보이지 않고 열어 놓은 창으로 바람이 불어와 덮어 놓은 책장을 대신 넘기고 있다.

제3부

어머니의 부엌

어머니의 부엌

두부 부침 냄새가 온 동네에 구수하게 퍼진다. 간수를 빼고 네모 반듯하게 잘라놓은 두부에서 김이 모락모락 피어오른다. 오늘은 시조모님 제삿날이다. 부침개를 부치는데 고소한 들기름 냄새가 창문을 비집고 소리 없이 빠져나간 모양이다. 온 동네 사람들에게 군침을 돌게 하니 송구스럽다. '두부' 하면 친정어머니의 모습이 떠오른다. 두부와 어머니는 비와 구름 같은 사이다. 따로 떼어놓을 수 없는 불가분의 관계로 지금도 내 가슴속에 생생하게 남아있다. 반평생을 두부 장사로 등허리가 휘어지도록 고생하시다 가신 분이기 때문이다.

나의 유년 시절, 우리 집의 부엌에는 밥사발 대신 비지에 김치를 듬뿍 섞은 비지밥이 쌓여 있었다. '부엌'이라면 가족을 위해 주부들이 맛있는 음식을 만들어 내는 곳이어야 한다. 그러나 나의 어머니는 음식 솜씨와 바느질 솜씨 좋기로 유명하여 동네에서 큰일이 있을 때마다 뽑혀 다니며 큰일을 모두 해냈을 정도였음에도 불구하고, 정작 우리 집에서는 식구들에게 먹일 맛있는 음식을 부엌에서 만들지 못하셨다. 가난이란 놈의 방해로 가족을 위한 행복한 공간이 아닌, 살기 위한 수단으로 음식을 만드는 부엌 아닌 두부 공장으로 자리바꿈을 했다.

하루에 두부 한 틀 30모씩을 만들기 위해 이 두부 공장의 맷돌은 쉬지 않고 돌아갔다. 어머니는 공장장이요, 맏딸인 나와 바로 아래인 동생은 학교를 마치고 집에 돌아오는 대로 가방을 팽개치고 곧바로 직공이 되어야만 했다. 우선 콩을 깨끗이 씻어 물에 담근다. 여름에는 6~8시간, 봄가을에는 10~12시간, 겨울에는 15~20시간 정도 불려야 한다. 어머니는 불린 콩을 맷돌 옆으로 가져다 놓는다.

나는 큰 함지박 위에 가지 벌어진 굵은 나무(쳇다리)를 걸치고 숫맷돌을 놓는다. 숫쇠에 암맷돌을 잘 맞추어 놓는다. 준비가 다 되면 맷돌의 어귀에 콩을 한 국자씩 넣고 갈기 시작한다. 맷돌을 가운데 두고 어머니와 나는 마주 앉아 손잡이를 함께 잡고 돌린다. 마치 암맷돌과 숫맷돌이 서로 껴안고 도는 듯하다. 콩을 곱게 갈수록 콩물이 진하게 나오기 때문에 조금씩 넣기 위해 작은 국자를 사용한다. 두어 시간 동안 맷돌을 돌리며 콩을 갈다 보면 팔이 끊어질 듯 아프다.

그런데 지금은 기계화되어 힘들이지 않고 순식간에 두부가 만들어지는 걸 보면 격세지감을 느낀다. 콩이 갈려지기까지는 암맷돌과 수맷돌의 수많은 마찰로 이루어지는데 마치 우리 어머니의 삶과 닮은 듯하다. 어머니와 나는 많은 이야기를 도란도란 나누며 드르륵드르륵 장단을 맞춘다. 그렇게 긴 시간 동안 콩 갈기가 끝나면 커다란 가마솥에 넣고 팔팔 끓인다. 어머니는 청솔가지나 왕겨를 풍구로 돌려가며 거친 나무로 불을 때느라 눈물 콧물 범벅이 된다.

나는 따뜻한 부뚜막에 올라앉아 콩물이 바닥에 눌지 않도록 커다란 주걱으로 휘저어 가며 땀을 뻘뻘 흘린다. 솥에서 솔솔 풍기는 구수한 냄새에서 어머니의 체취를 느낀다. 끓여진 콩물을 자루에 넣고 물을 갈아가면서 서너 번 주물러 빨아 걸러진 콩물에 간수를 섞는다. 간수는 2~3번 정도 나눠 넣으면서 또 주걱으로 저어준다. 3분 정도 지나면 순두부로 멍울멍울 엉긴다. 이것을 두부 틀에 넣고 2~3시간 누름돌로 눌러서 물기를 빼면 서서히 굳으면서 두부가 만들어진다. 이 두부는 자를 대고 반듯하게 잘라 물에 담근다. 손으로 만든 두부는 노르스름하며 구수하고 맛이 일품이다.

우리 부엌은 그렇게 두부 공장으로 쉼 없이 돌아갔다. 보릿고개와 칠 남매의 학비까지 모두 그곳에서 조달되었다. 어머니는 30모씩 담은 함지박을 이고 온양온천 장으로 팔러 나가셨다. 어머니는 큰 두부다라이를 머리에 이고 온양온천 장에 가고 올 때마다 우리 학교(초등학교) 앞을 지나다니셨다. 친구들과 길을 가다가 두부다라이를 이고 장에 가시는 어머니를 발견하게 되면 도둑질이라도 하다 들킨 사람처럼 허둥대었다. 그때마다 나는 여우처럼 친구들을 꾀어 엉뚱한 길로 피해 다니곤 했다.

두부 장사하는 어머니가 친구들 보기에 창피해 벌레 씹은 얼굴을 했던 내 모습을 지금도 그려보곤 한다. 어머니도 내 마음을 거울처럼 투명하게 읽었을 테지만 그 문제에 대해선 한 번도 얘기한 적이 없다. 행여 딸의 상처를 건드릴세라 말 한마디라도 조심스럽게 하시는 어머니였다. 지금은 친구들과 그 얘기를 추억담으로 화제의 꽃을 피우기도 한다. 어머니는 이렇게 자신을 태워 어두운 세상을 밝히셨다. 마치 촛불처럼 당신의 심신을 불살라 가정을 지키셨다.

배움의 즐거움

책을 읽다가 잠시 허리를 펴고 창밖을 내다보니 얕으막한 산이 눈에 들어온다. 봄에는 나뭇가지마다 파르스름한 새싹이 움트고 여름엔 초록으로 우거진 신록을, 가을엔 빨갛고 노란 단풍과 함께 낙엽이 흩어지고 풀벌레가 우는가 싶더니 어느새 새하얀 눈이 설산을 만든다. 이렇듯 아름다운 자연 속에서 인간 세상의 온갖 더러움을 하얗게 포장하고 차창으로 다가오는 산세에 나는 매료된다.

도서관은 자료실에만 가도 마음이 두근거린다. 나는 두근거리는 마음을 가다듬고 진열된 책들 앞에 선다. 책 표지의 제목들을 하나씩 감상하는 일로 시간 가는 줄을 모르고 들여다보고 있다가 마음에 드는 책 하나를 골라 목차를 훑어본다. 책을 펼쳐놓고 보다가 몇 줄을 읽고는 흐뭇한 마음이 되어 몇 권을 더 골라 들고 도서관을 나온다.

언젠가부터 도서관에 가면 자료실이 아닌 열람실에서 살다시피 했다. 오십 대 늦깎이 대학생으로 방송대 공부를 하게 되었는데, 학교에 가는 날보다 도서관에서 공부하는 날이 더 많았다. 시험 기간에는 더 열심히 공부하느라 한눈팔 여유가 없었고, 젊은 학생들이 두세 번이면 해낼 것을 나는 열 번은 노력해야 했으며, 집에서는 공부할 여건이 되지 않아 훨씬 더 능률이 오르는 도서관을 찾아 공부를 했다. 도서관에만 들어서면 마음이 가다듬어지고 물 끼얹은 듯 조용한 방에서 열심히 공부하는 사람들의 분위기 속에 나도 모르게 집중하게 된다. 그래서 남녀노소를 가리지 않고 도서관을 찾기 때문에 새벽부터 밤늦도록 도서관은 그렇게 붐비나 보다.

3학년 기말시험 때의 일이었다. 스터디그룹 5명이 의자에 앉아 잠시 커피타임을 가지며 휴식 중이었는데 우리 연배로 보이는 한 남자가 내 앞에 우뚝 서더니 나를 보면서 "그 나이에 공부는 해서 뭐 하시려고 그러세요?" 하는 것이었다. 그 순간 나는 나도 모르게 스프링 튀어 오르듯 벌떡 일어나서 "왜 남의 일에 오지랖을 피우세요?" 하고 소리쳤다. 그 남자는 눈이 휘둥그레 가지고 자기가 한 말에 후회가 되는지 울지도 웃지도 못하는 기이한 표정으로 나를 쳐다보고 있었다. 시험을 이틀 앞두고 잔뜩 예민해 있던 차에 그 사람이 어떤 뜻으로 한 말인지는 모르겠지만 내 귀로는 비아냥대는 말투로 들렸기 때문이다.

다시 의자에 앉아 공부하려는데 폭발한 화가 가시지를 않는다. 기어이 그 남자를 조용히 밖으로 불러냈다. 내 말을 듣던 그는 "제가 아무 생각 없이 무심히 한 말인데 상처가 되었다면 죄송합니다."라고 사과를 했다. 사과는 받았는데 눈물은 왜 그렇게 자꾸 나오는지, 그 참에 가방을 챙겨서 집으로 정신없이 돌아왔다. 남편이 울며 들어오는 나를 보고 깜짝 놀라 어디 아프냐고 묻는다. 자초지종을 듣고 있더니 "그 사람이 수양이 부족해서 한 말이구먼. 시험이 코앞인데 마음 풀고 다시 가서 더 하고 와요." 한다. 그날 공부는 그렇게 공치고 말았지만 그래도 다행히 시험 결과는 좋았다.

그 후로 그 남자는 도서관에서 가끔 나를 보면 정중하게 인사를 한다. 알고 보니 그 사람도 방송대생 졸업반이라 시험공부 중이었다. 비아냥대는 말이 아닌, 비슷한 연배에 동질감이 느껴지고 친근감도 생겨 건네본 말이었다는 것을 뒤늦게야 알고 보니 수양이 안 된 사람은 그 남자가 아닌 나 자신이었다는 걸 알고 너무도 부끄러웠다.

배움에 대한 열정의 공통점은 나이를 뛰어넘어 마음이 통하고 가슴을 열어 보일 수 있다는 것이리라. 또한 우리가 아직은 젊다는 걸 증명할 수 있다는 여유라고 생각된다. 배움에 있어 겸손해야 한다. 아는 것을 안다고 하고 모르는 것을 모른다고 하는 것 그것이 바로 아는 것이다. '배우고 때때로 그것을 익히면 기쁘지 아니한가.' 라는 공자님 말씀이 생각난다. 많은 것을 배워서 다른 사람 위에 군림하려는 게 아니라 배우는 즐거움, 배우는 재미, 배우는 기쁨을 누리고자 지금도 배우고, 또 건강이 허락하는 날까지 나는 배우려고 한다.

과적過積의 발

베란다 창으로 햇살이 쏟아져 들어온다. 인도고무나무와 관음죽, 수반 위의 수생식물들이 두 팔을 벌려 햇살을 맞이하고 있다. 나도 그들과 더불어 햇볕을 쐬고 싶은데 깁스한 우측 발이 천근만근이다. 밖으로 나가 햇볕도 쬐고 싶지만 볕이 드는 창가로 가는 것조차도 할 수가 없다. 지금 보니 내 몸의 주인은 발이 아니었나 싶다. 발이 꼼짝을 못하니 내 몸을 내 맘대로 움직일 수 없다.

문득 세상에 내 것이란 없겠다는 자괴감이 든다. 발의 위력이 이처럼 크다는 것을 이제야 깨닫게 된 것 같으니 말이다. 나는 요즘 발의 골절상으로 깁스를 하고 죄인처럼 근신 중이다. 두 발로 활발히 다니던 나였는데 지금은 네 발로 기어다니는 것조차도 제대로 못하고 있다. 할 수 없이 그 노력도 접고 말았다. 그저 날짜나 빨리 가기만을 기다리는 수밖에 없다.

깁스는 한 달이 되어야 풀 수 있고 그 후로는 물리치료가 깁스 한 날짜만큼 더 필요하단다. 그런데 그리도 잘 가던 세월이 요즘은 고장 난 벽시계처럼 제자리만 맴도는 것 같다.

에어로빅 주말반, 요가, 사우나, 시 창작, 수필창작 등 어느 것 하나 소중하지 않은 것이 없기에 내 사전에 결석이란 상상도 할 수 없는 것이었다. 운동은 생활이지만 수필이나 시 공부는 이제서야 문학이 무엇인지 어렴풋이 알게 되었고, 조금씩 글쓰기의 재미와 함께 눈이 떠지는 요즈음이다. 쓰는 과정은 힘들지만 내 가슴의 응어리를 하나하나 풀어낸 뒤의 희열감은 삶의 새로운 동력이었다. 그러고 보니 이 모든 것들도 과적의 나를 발이 힘겹게 업고 다니면서 희생적으로 봉사해준 덕분이었던 것으로 여겨진다.

발을 다치던 다음 날인 목요일엔 수필반에서, 그 다음날인 금요일엔 에어로빅장의 야외에서 수업이 예정되어 있었고 토요일에는 예식장 등 스케쥴이 꽉 짜여 있었다. 며칠 동안 바깥으로 나들이하려면 집안에 만반의 준비를 해놔야겠기에 밤길을 나섰던 것이다.

어두운 밤길을 걷다가 웅덩이에 빠져 다리를 다치게 되었다. 다리가 아파오기 시작했다. 웅덩이에 빠질 때 듣던 그 '우두둑' 소리에 불길한 예감이 들었다. 바로 정형외과로 가서 X-ray 검사를 받으니 골절이란다. 발등이 금방 퉁퉁 부어올랐다. 장

보러 간 사람이 장은 못 보고 깁스만 하고 돌아온 것이다.

16년 전에도 이런 발목 골절상으로 무릎까지 깁스를 했었다. 이번에도 부위만 다를 뿐 마치 그 때의 상황을 재현한 것 같았다. 그때는 음력 섣달그믐 날이었다. 차례 준비를 위해 아파트 내 지하상가로 내려가다가 계단에서 미끄러졌다. 누군가 밖에서 묻혀 들여왔던 눈을 내가 밟게 되어 네 계단이나 굴러떨어진 것이다. 그때의 '우두둑' 소리가 이번 다칠 때의 소리와 너무도 흡사해서 '에구, 일은 났구나.' 하고 당황했다.

삼대독자 종갓집 장손의 외며느리인 내가 주저앉고 말았으니 이런 불상사가 어디 있을까? 어머니, 남편, 아들 할 것 없이 온 가족이 우왕좌왕하며 난리가 났다. 그때도 칠순이던 어머니는 계시긴 했지만 87세인 지금처럼 며느리 수발만 받는 분으로 살림과는 무관하셨다.

나는 모든 일을 누워서 입으로만 해야 하니 속이 숯덩이처럼 타들어 갔다. 그때는 깁스를 무릎까지 했어도 종아리까지만 한 지금보다 오히려 덜 무거웠고 덜 불편했다. 그런데도 남편은 2층에 있는 정형외과까지 계속 업고 오르내리며 나를 도와주었다. 의사는 그러는 남편에게 "깁스 후엔 자꾸 걸어야 물리치료할 때 효과를 빨리 볼 수 있으니 그만 업고 다니세요."라고 주의를 주기도 했다. 그러나 그렇게 하겠다고 대답을 하고도 뒤뚱거리며 애쓰는 나를 보곤 바로 업으라고 했다.

목발도 샀지만 단 한 번도 사용하지 못한 채 모셔두었다가 되돌려 주기도 했다. 그런데 지금은 남편이 나보다 먼저 세월의 무게를 이기지 못하고 몸과 마음이 파김치가 되어버렸다. 그런 그가 나를 업는다는 것은 생각도 할 수 없으니 이번엔 선택의 여지 없이 목발 신세를 져야만 했다. 그래서 이제는 당신을 내가 보호하겠노라 했더니 아니란다. 자기가 살아 있는 한은 가장이며 보호자라고 큰소리다. 사실 오랜 세월 당뇨로 고생하는 남편의 뒷바라지를 하고 있지만 그런 큰 소리 한마디가 때론 고맙고 내 어깨에도 힘이 실리게 한다.

사람 몸에 연계된 하나하나가 그렇게 정밀하고 신비스럽다는 것도 이번에 알았다. '오장육부도 아닌 발 하나 아픈 것인데 몸을 움직일 수도 없다니!' 오랜 세월 내 몸의 주인이면서도 말없이 나를 위해 궂은 일을 다 해준 발의 고마움을 새삼 느낀다. 그렇게 모든 지체들이 힘을 합쳐 한 생명을 유지시켜 준다는 사실이 놀랍기만 하다. 나는 잠시 잠깐인데도 이렇게 힘이 드는데 몇 년 아니, 평생을 장애로 사는 사람들의 고충은 어떠할까! 평소에는 예사로 봐 왔던 그들에게 이제부터라도 좀 더 따뜻한 마음으로 보듬어 줘야겠다는 생각을 한다. 그러기에 행복이란 늘 내 곁에 있는데도 모르고 살았나 보다.

인생은 앞으로 달리기만 하는 것이 아니라 때로는 멈춰 서서 호흡을 가다듬는 시간도 필요하다는 생각을 해본다. 이참에 한번 푹 쉬어보자. 마음을 비우니 편안해진다. 몽똑한 이 발이 묵묵히 한 가정을 짊어지고 가던 가장 같은 내 몸의 주인이었던 것을 몰랐었다.

깁스를 풀고 물리치료가 끝나는 날 나는 내 발에 맞는 선물을 해야겠다. 찌부리지 않고 한결같이 내 몸을 이고 업고 다녀준 고마운 발이 아닌가! 조심스레 깁스한 발을 쓰다듬어 본다. 깁스 위로도 내 마음과 손길이 느껴지는지 유난히 발이 편하다. 마치 온 세상이 내 발을 위해 솜이불을 덮어주고 포근히 감싸 안아 주는 것만 같다.

외갓집

엊그제 외갓집을 다녀왔다. 옛날 추억을 회상하면서 동네에 들어섰는데 정겨웠던 초가집들은 간곳없고 현대식 주택들이 들어선 것이 도시를 방불케 했다. 동네가 너무 많이 변해 있어서 길을 찾느라 한참 헤매었다. 외가도 옛날 그 자리에 초가집이 아닌 대궐 같은 집이 버티고 있었다. 외할아버지와 외할머니는 옛날에 돌아가시고 지금은 외숙모와 사촌들이 살고 있다. 예산에 사는 구십이 다 되어가는 쌍둥이 이모님들이 먼저 오셔서 나를 반겨 주셨다.

옛날 울적할 때마다 가곤 했던 충남 아산군 음봉면 동천리 끄트머리 외갓집은 외딴집이다. 백여 가구가 옹기종기 거북이처럼 엎드린 나지막한 초가지붕이 정겨운 마을이었다. 지름길을 가로질러 지나다 보면 저 멀리 언덕에 가물가물 보이는 외딴집이다. 가르마처럼 곧게 뻗은 경사진 길을 따라 숨 가

뻐게 달려가 싸리문을 밀치고 들어선다. 그곳엔 언제나 인자하신 외할아버지와 자상하고 정갈하신 외할머니께서 나를 반겨주신다.

외삼촌 네 분과 쌍둥이 이모님이 나를 공주처럼 아끼고 사랑해 주기도 했다. 고구마나 감자를 찌면 "영자야, 제일 예쁜 것으로 어서 먹어." 하며 골라 주기도 하고, 밭에 가서 참외나 수박을 따와도 온 식구들이 나를 먼저 챙겨주기도 했다. 지금도 친가나 외가에서 어른들은 내 이름을 아명인 '영자'라고 해야 알아들으신다. 숙부님께서 내 출생신고를 하면서 돌림자를 따라 호적상 이름을 '병완' 이라고 올렸다. 그 시절에 어떻게 그런 세련된 이름을 지었느냐고 묻는 사람도 있다.

어린 시절에는 무서움증이 심하고 겁도 많았다. 공동묘지 외진 산등성이를 두 개나 넘어서 십리 길이 더 되는 외가에 자주 갔다. 나지막한 산길을 거쳐 논둑 밭둑을 지나 까마득한 하고개 신작로 길을 따라 걷다 보면 자갈밭이 나오고 맑은 물이 졸졸 흐르는 개울이 있다. 돌 징검다리를 폴짝폴짝 뛰어 건너서 외가에 가곤 했다.

그 개울은 외할머니께서 커다란 자배기에 삶은 광목 빨래를 수북이 이고 가서 넓적한 돌멩이에 올려놓고 방망이질을 해가면서 빨래하던 곳이기도 하다. 아마 외할머니는 빨래하면서 마음까지 정갈하게 하셨을 것이다.

초등학생이었던 나는 겨울방학이나 여름방학이면 외가에 가는 게 유일한 낙이었다. 집에서는 대가족 속에 때 거리도 변변치 않고 살기가 버거웠다. 유년 시절 나에게 외갓집은 참으로 고즈넉하고 편안한 안식처였다. 일란성 쌍둥이 이모님을 언니처럼 따르기도 했다. 두 분이 서로 나를 업어주겠다고 싸우는 모습도 여러 번 봤다. 이토록 넘치게 받았던 사랑을 조금이나마 돌려드리고 싶지만 마음뿐이다.

내가 몇 살 때였는지 모르겠다. 어느 정월 대보름날 두 이모님이 나를 번갈아 업고 달님 따라 길을 나섰다. 다시 없는 명절의 밝은 달은 하늘에 높이 떠 휘영청 밝게 빛나고 온 마을이 모두 달빛과 풍물 소리 요란한 대보름날 밤, 이모님 등에 업혀 간 곳은 이모 친구분들 십여 명이 모인 어느 큰 방이었다.

그들은 편을 갈라 윷놀이를 했는데 삼판이승으로 하여 이긴 편은 밥을, 진 편은 김치를 살금살금 가서 슬쩍해 온다. 그날은 밥을 아홉 그릇 먹고 아홉 짐의 나무를 해야 일 년을 무병장수하고 잘 산다는 전설이 있어 집집마다 밥을 넉넉히 해놓는다. 그렇게 모두가 부자의 마음으로 이집 저집 서로 자기네 밥을 가져가라고 대문을 활짝 열어 놓기도 했다. 나는 방에서 이모님들을 기다리고 있었다. 얼마나 시간이 흘렀을까. 밖이 왁자지껄 떠드는 소리가 나더니 이모님들이 밥과 김치 나물 등을 가지고 와 함지박에 와르르 붓고는 갖가지 나물과 고추장 들기름 깨소금을 넣고 비벼서 먹고 또 먹었다.

한꺼번에 십여 명의 밥을 비벼서 나누어 먹는데 수저가 코로 가는지 입으로 가는지 모를 지경이었는데 그 맛은 전주비빔밥에 비할 바가 아니었다. 비빔밥의 원조는 전주다. 이 전주비빔밥이 지금은 비행기 안에서도 기내식으로 나올 뿐 아니라 우주인들도 먹을 수 있도록 인기다.

먹물 같은 가마솥에서 고실고실하게 지은 오곡밥은 지금도 그 맛을 잊을 수가 없다. 언제까지고 내 가슴 속에는 그때의 비빔밥이 그대로 살아 있는 것 같다. 요즘 시골은 현대식 건물들이 쭉쭉 올라가고 도시 생활처럼 살기 편한 세상이 되어 있다. 아무리 살기 좋은 세상이라도 추억만큼 아름다운 것은 없는 것 같다. 내게도 돌아갈 고향이자 외가가 있다는 것은 어머님의 품속만큼이나 따스하고 든든하다.

보릿가루

옛날을 생각하면서 미숫가루를 먹다가 나도 모르게 울컥 목이 메었다. 보리쌀, 현미, 흑두를 섞어 만든 미숫가루인데 그만 기도가 막혀 한동안 혼이 난 것이다. 내가 미숫가루라 하지 않고 보릿가루라고 우기며 물에 타 먹지도 않고 가루로 퍼먹으면서 고집을 부리는 것은 옛 추억을 음미해 보고파서였다. '보릿가루'란 단어는 생각만 해도 마음이 따끈해지는 기분이다. 또한 외로움에 지치고 얼어붙었던 마음까지 녹일 수 있을 것만 같다.

정겹고 따스한 어린 날로 돌아가서 세상일을 잠시라도 잊을 수 있는 행복의 요람일 것 같기도 하다. 그뿐인가 옛날로 돌아가 할머니와 어머니의 포근한 정이 내 마음속 깊이 파고들기도 한다. 살구가 노랗게 익는 6월 중순이면 농촌에선 집집마다 거의 식량이 떨어지는 보릿고개가 시작된다. 우리 민족이 오랜 세월 허리끈을 졸라매고 살아야 했던 배고픔의 시절이었다. 흉년이란 말을 자주 듣던 그 시대에는 늘 배가 고팠고, 그 배고픔을 어떻게 면해야 할지가 집집마다 큰 문제였다. 김치밥이나 비지밥, 그리고 꽁보리밥은 그 시절 최고의 든든한 주식이었다. 그러나 먹고 돌아서면 곧 배가 고팠던 시절의 서글픔으로 다시는 생각조차 하기 싫은 '보릿고개'의 쓰라린 추억이다.

그때 보릿가루는 배고픈 이들에게 허기를 해결해 주는 데 큰 몫을 했다. 들판을 황금빛으로 물들이던 보리가 집집의 마당으로 이사를 할 때쯤 나는 친구들과 대바구니 들고 이 밭 저 밭 드나들면서 보리 이삭을 주웠다. 낫으로 보리를 벨 때나 보릿단을 매만질 때 떨어진 이삭들이다. 소쿠리에 소복하게 채워지면 집에 와서 마당에 쏟아놓고 또 뛰어나가 욕심껏 주워다 모은다.

산더미같이 쌓인 보리 이삭을 보고 있으면 나도 부자가 된 기분이다. 보리 이삭을 함께 줍던 옆집 소자네는 동네에서 제일 부자로 보릿고개에 양식이 없는 이들에게 장리쌀을 놔서 이득을 취하는 집이다. 울며 겨자 먹기로 그 집을 원망하기보다는 오히려 고맙게 여기며 양식을 곱장리로 갚으면서도 숙명처럼 받아들이며 살았다. 곱장리란 쌀 한 가마를 꾸어 오면 가을에 그것을 곱으로 갚아야 하는 높은 이자를 말한다. 가을에도 갚지 못하면 그다음 해에 또다시 곱으로 합산해서 갚아야만 한다. 나는 부자인 친구네가 무척 부러웠다. 그런데 친구 부모들은 공부 잘하는 우리 애들이 부럽다고 했다. 공부는 좀 못하더라도 때 거리 걱정만 안 했으면 하는 것이 내 소원이었다. 그렇게 잘사는 부자이면서도 소자는 보리 이삭 줍는데 나보다 더 많이 주우려 억척을 부리는 꼴이 얄미웠다.

어머니와 나는 보리 이삭을 마당에 죽 펴놓고 부지깽이로 털어서 거두는데 내가 보기에도 자랑스러울 만큼 뿌듯한 작업이다. 보리 이삭에는 톱날같이 날카로운 수염(보리까끄라기)이 달려 있는데 이걸 다 부스러뜨려 깨끗한 낱알로 만든다. 그러고는 커다란 무쇠 가마솥에 붓고 어머니는 큰 나무 주걱으로 휘젓고 나는 아궁이에 불을 땐다. 톡톡 튀겨지고 누렇게 볶아진 보리를 맷돌에 갈아 체로 곱게 친다. 여기에 당원(사카린)을 섞어 조롱 바가지에 담아 들고 다니면서 숟가락으로 떠먹으면 그 맛은 최고였다. 이 보릿가루는 큰 간식이었고 세상에 더없는 별미가 되었다. 그 맛은 혀끝의 미각을 자극했는데 정신을 못 차릴 만큼 먹는 일에만 열중하게 된다. 오빠가 "야! 나한 숟가락만 주라," 소리에 기겁하여 도망치다 돌부리에 걸려 넘어져서 바가지는 박살이 나기도 했다. 보릿가루는 땅바닥에 분칠을 하였고, 무릎에선 붉은 피가 흘렀으며 눈물 콧물 범벅이 되어 목청껏 울어대던 생각이 난다. 오빠는 따라오지도 않고 장난으로 약을 올렸던 것인데 나 혼자 앙탈을 부렸던 일들이 주마등처럼 떠오를 때면 쓴웃음을 짓곤 한다.

요즘은 사시사철 먹을 것이 풍족하다. 또한 먹은 만큼 살이 찐다며 수 많은 여성들이 불안해하고 있다. 에스라인 노래를 부르며 어떤 방법으로든 덜 먹기 운동에 열을 올리기도 한다. 그래서 채식과 잡곡밥이 다이어트와 건강에 좋다며 별미인 보리밥집을 찾기도 한다. 보리밥은 비타민 B가 쌀밥보다 많아 각기병 예방에 좋고, 섬유질이 풍부해서 변비에도 좋다고 한다. 그래서 요즘 웰빙 음식으로 보리밥을 찾는 사람들이 많아지고 있다. 그 시절의 보리밥과 보릿가루는 어찌나 구수하고 맛있던지 입안에 착착 달라붙었던 것으로 기억된다. 또한 먹을 것이 부족했던 그 시절에 최상의 즐거움을 주기도 했었다. 그런데 오늘날의 보리밥과 미숫가루는 더 좋은 재료와 더 훌륭한 문화의 힘을 얻어 만들어진 것이건만 그때의 맛은 온데간데 없고 보릿가루의 향수마저 허허로움으로 내 가슴에 안겨 온다.

펜팔의 추억

언제부터였는지 잘 모르겠지만 편지 쓰기를 취미로 시작하면서 날마다 우편집배원을 기다리던 일이 유일한 낙이었다. 그가 올 날과 시간이 되면 담 너머로 넘겨다보면서 빨간색의 자전거를 타고 달려오는 그를 기다렸다. 그러나 산모퉁이를 돌아오는 모습이 보이면 그때부터 가슴이 콩닥콩닥 뛰기 시작하는 것이다.

1960년대에는 펜팔이 한창 유행이었다. 당시엔 파월장병이 최고의 인기였으며 쏟아지는 위문편지와 펜팔이 장병들을 신나게 했던 시절이다. 대한 뉴스의 앞머리는 언제나 파월장병의 전적에 관한 것들이다. 나는 글을 읽기는 좋아했지만 쓰는 재주는 없었다. 우매한 자신을 돌아볼 겨를도 없이 펜팔이라는 호기심에 여기저기 기웃거렸다.

어느 날 중학교에 근무하던 친구가 학생들에게 위문편지

를 쓰라고 나눠주던 파월장병 주소를 친구들이 모인 자리에 가지고 왔다. 7원짜리 우표 한 장만 붙이면 월남까지 편지가 가고 답장이 온다는 것이다. 우리들은 반신반의하면서 시험 삼아 써보자고 했던 것이 계기가 되었고, 편지를 주고받는 재미에 푹 빠져서 일주일이 멀다하고 편지를 썼다.

글이란 얼마나 환상적인가. 좋은 말만 골라 쓸 수 있으니 얼마나 좋은가. 편지는 나를 멋지게 포장할 수 있는 최고의 수단이기도 했다. 베트남의 여러 가지 풍물 사진들과 그림엽서들도 많이 보내와서 앨범에 곱게 간직했다. 편지 오가는 횟수가 늘어감에 따라 보고 싶다는 말까지 자연스레 쓰게 되었으니 정도 돈독해지고 글만큼이나 얼짱, 몸짱일 것이란 상상도 하게 되면서 행복의 도가니 속에 빠지게 되었다.

그러던 초가을 어느 날 초등학교 5학년의 여동생이 하교하여 급히 뛰어오더니 "큰 언니 우리 선생님께서 어떤 아저씨하고 우리 집에 오고 계셔." 나는 담임선생님이 가정 방문 오시는 줄로만 알았다. 당황하여 동동거리고 있는데 신사복 차림의 건장한 두 남자가 대문을 들어서는 것이 아닌가! 선생님은 같이 온 분을 소개했다. 그분은 한동네에 사는 죽마고우인데 파월 장병으로 갔다가 이번에 제대해서 귀국했다는 것이다.

소개받은 장본인이 펜팔의 주인공일 줄이야! 그분은 아버지한테 넙죽 절을 올리고 양가에 어른들의 안부까지 주고받는 모습이 옛날부터 잘 알고 있는 절친한 사이로 보였다. 알고 보니 근동 사람이라 어른들은 서로 잘 알고 지내는 사이였다. 친구가 건네주던 한 주먹의 주소 중 그냥 잡히는 대로 주워다 썼을 뿐인데 이럴 수가! 며칠이 지난 뒤 동생의 담임으로부터 온양 로터리 제과점에서 만나자는 연락이 왔다. 나는 혼자 갈 용기가 없어서 펜팔을 제공해준 친구와 한 명을 더 불러 셋이 나갔다. 그런데 이상하게도 오래전부터 잘 알고 지낸 사람처럼 낯설지 않고 편안하긴 했지만 나는 거의 말 한마디도 못하고 두근거리는 가슴을 진정하기에만 애를 태웠다.

어느 날은 별로 가깝지도 안았던 직장 동료가 우리 집을 수소문해서 찾아왔다. 그런데 더 놀라운 것은 이 친구가 펜팔의 친조카라는 말에 당혹감과 부끄러움에 쥐구멍에라도 들어가고 싶었다. 예측 불허의 일들이 꼬리에 꼬리를 물어 마치 한 편의 드라마를 만들어가는 주인공이 된 기분이다.

그때부터 친구는 대문이 닳도록 놀러 온다는 핑계로 우리 집을 드나들면서 자기 삼촌을 자랑 하기에 급급했다. 하늘 높은 줄 모르고 세상 물정도 모르던 나였다. 글 속에서 포장되었던 그의 정체가 한 꺼풀씩 벗겨지자 내 이상형도 아니요 화려했던 상상의 날개와 호기심은 산산조각이 나서 허탈감만 더해올 뿐, 친구의 방문은 반갑지 않았다.

그렇게 시간이 흘러 그와의 인연은 멀리했고 수십 년 동안 그의 소식도 어둠 속으로 아득하게 사라졌다. 그런데 어느 날 동생이 그때의 담임을 모시고 동창회에 갔다가 펜팔의 주인공 소식을 알게 되었단다. 그가 지금은 이 세상 사람이 아니라는 것이 아닌가 세상에 이런 일이 그래도 한때는 그와 인연이 되어 그로 인해 행복을 만끽하기도 했었는데 나는 가슴이 먹먹해지면서 눈시울이 젖어 옴을 느꼈다. 더 이상의 자세한 사연은 못 들었지만 차라리 소식을 듣지 않은 것만 못했다.

전자 우편의 편리함에 익숙해진 요즘 손으로 직접 글을 쓸 일이 없어졌고 우체부를 기다렸던 낭만은 아련한 추억 속으로 숨어버렸다. 당연히 우표가 붙여진 편지를 받아본지도 까마득한 옛 추억이 되었다. 편지에 마음을 얹어 주고받던 정이 그립다. 누군가에게 손으로 편지를 쓰고 우표를 붙여 우체통에 넣어보고 싶다. 그리고 우체부가 오는 길목에 서서 가슴 두근거리며 답장을 기다려보고도 싶다.

나의 서재

나의 서재는 정 남향으로 창이 넓게 트인 밝은 방에 꾸며져 있다. 두 내외가 서울 생활을 뒤로 하고 인천으로 이사 온 지도 벌써 5년, 절간처럼 조용한 집안에서 책과 함께 즐거운 나날을 보내고 있다.

나는 오십 대 후반에 만학도로 방송대 공부를 했다. 젊은 사람들과 어깨를 나란히 하려면 그들보다 몇 곱은 더 공부를 열심히 해야 했는데 나만의 공간이 없어서 늘 내 서재를 갖고 싶어 했었다. 자식들 키울 때는 방 세 개가 있었지만 그중 제일 큰 방은 세 아들의 방이었고 하나는 시어머니, 또 하나는 우리 내외가 쓰는 방이었다. 공부할 공간이 부족했던 나는 할 수 없이 동네 공공도서관을 이용하기 시작했는데 도서관으로 향하는 내 발걸음은 날아가는 새처럼 가볍기만 했다. 도서관에서 하는 다섯 시간의 공부가 집에서의 열 시간 공부보다

능률이 더 오를 만큼 집중이 잘 되었다. 집에서는 공부할 여건이 안 되기도 했지만 도서관에 다니기를 잘했다는 생각이 든다. 책을 좋아하는 나는 마음이 울적할 때마다 도서관에 가면 위로가 되기도 했기 때문이다.

세월이 흘러 자식들이 각자의 길을 떠나니 이제는 내 서재가 생겨서 방의 벽면을 꽉 채우는 책장을 들여놨다. 나의 오래 묵은 책에서 예사롭지 않게 풍기는 향내를 맡으며 사색에 잠기곤 하는데, 그 책에서 나오는 향내는 마치 딸기 향처럼 달콤한 것이 그 향기에 취해 자꾸만 더 가까이 하고 싶어진다. 책은 오래되고 퇴색할수록 종이 자체에서 나오는 향내에다 인쇄된 잉크와 접착제의 향까지 더해져서 사람의 기분을 좋게 하는 냄새를 풍긴다고 한다.

내 서재에 있는 많은 책을 살펴보니 자세히 읽어본 책, 대충 훑어본 책, 두세 번 읽어본 책도 있고 어떤 책은 아예 내용이 아물거리고 기억이 나지 않는다. 어쨌든 내 영혼을 살찌운 책이지만 그중에서 기억나지 않는 책은 다시 읽고 싶은 생각에 마음이 급해지기도 한다. 서재의 책을 선별해서 다시 읽는 일은 반추하는 소처럼 내 의식을 살찌우는 일이다.

옛날에는 아이들이 학교에 간 틈을 타서 컴퓨터를 사용하곤 했는데 이제는 내 전용 컴퓨터도 생겼다. 서재를 둘러보면 세상을 다 얻은 듯 뿌듯하다. 서재의 책들을 보고 있으면 배가 부르고 지식이 저절로 쌓이는 것만 같다. '사람은 책을 만들고 책은 사람을 만든다.' 는 말대로 책이 방안에 꽉 찬 것만 봐도 내 정신의 키가 훌쩍 커진 듯한 기분이며 책장에 정돈된 책만 보아도 좋은 글이 저절로 써질 것만 같다.

사람들은 서재를 흔히 책이 있는 공간이라고만 생각한다. 그러나 이곳은 나의 영혼이 살아있는 방으로 지친 심신을 편히 쉬게 한다. 또한 나를 돌아보는 성찰의 공간이 되기도 하며 시나 수필이 이곳에서 산고를 치르고 태어나기도 하는 산실이 되기도 한다. 그리고 내가 살아 온 삶을 형상화하여 문학의 밭을 경작하는 심전心田이기도 하다. 나의 글 쓰기는 밤이 되어야 집중이 잘 되고 탄력이 붙는다. 석양에 물든 해가 어둠 속에 묻히고 저녁달이 떠오르면 서재는 더욱 활기를 찾는다.

에스컬레이터

에스컬레이터라는 말만 들어도 두려움이 앞선다. 승강기는 편한 이동 수단이지만 아차 하면 큰 사고로 이어지곤 한다. 이 에스컬레이터의 장점은 엘리베이터보다 운반능력이 월등히 뛰어나다는 점이다. 그런데 성격이 급한 사람은 에스컬레이터를 뛰어서 오르내리기도 하는데 이런 행동은 매우 위험하다. 에스컬레이터에서 뛰면 충격이 7배나 달한다고 한다. 아파트와 같은 주거용 건물에는 설치되는 경우가 거의 없다. 주로 주상복합의 상업시설에 설치되고 있다.

전에는 에스컬레이터가 한 번 작동하면 수동으로 작동을 중단시키기 전까지 쉬지 않고 계속 작동했다. 그래서 전력이 낭비되고 잦은 고장과 안전사고가 잦았는데 요즘은 에스컬레이터 끝부분에 센서가 있어 승객이 접근하면 작동하고 그렇지 않으면 작동하지 않는 방식으로 전환되고 있다.

얼마 전 우리 부부는 저녁 외식 길에 나섰다. 인천 아시아드경기장역 에스컬레이터에 둘이 나란히 올랐다. 맛있는 저녁 먹을 기대에 부풀어 도란도란 얘기 나누며 올라가는데 남편이 그만 발을 헛디디는 바람에 두 몸이 한 덩어리로 '꽈당!' 하고 뒤로 넘어졌다. 그이는 박쥐 모양으로 거꾸로 매달려 발버둥 치며 고통스러워하고 있었다. 나는 상체를 곧추세우고 남편의 상의를 힘껏 움켜쥐며 버텼다.

내 손아귀에서 조금이라도 힘이 늦춰진다면 그이는 그대로 황천객 아니면 장애인이 될지도 모른다는 생각이 들었다. 중간쯤에서 두 몸은 멈췄는데 에스컬레이터는 계속 작동하고 있었다. 한 계단씩 올라갈 때마다 우리 몸은 한 칸씩 덜커덩덜커덩 떨어지고 콩알만큼 작아진 간이 콩닥콩닥 뛰는 듯했다. 영하의 날씨인데도 몸은 찐득찐득 땀으로 젖었다. "사람 살려!" "도와주세요!" 목청껏 소리쳤지만 인적이 없었다.

평소에 운동으로 다져진 몸이라고 과시했는데 손에서 자꾸 힘이 빠지려 한다. '이제 우리는 이대로 죽는구나, 불구가 되면 어쩌나!' 하는 두려움과 공포 속에서 얼마나 시간이 흘렀을까. 이렇게 시달릴 때 의지할 종교가 있다면 신을 떠 올리며 기도했으리라. 그렇게 해서 위안이 되고 힘이 되었을 텐데, 나는 결혼 전에는 기독교를, 결혼 후에는 불교를 믿었다. 그러나 언젠가부터 고관절 통증 때문에 불공을 드릴 수가 없어 발길을 멈추게 되었다. 그 후로 꾸준한 운동으로 병의 접근을 막아 낼 수 있었다. 물에 빠지면 지푸라기라도 잡는다고 하느님과 부처님을 부르며 매달렸다. 애절함이 통한 것일까. 그때 반대쪽 승강기에 젊은 두 남자가 나타났다. 한 사람은 에스컬레이터를 정지시키고 한 사람은 우리를 부축해 구사일생으로 살아났다. 사례를 하고 싶어 연락처를 물었으나 그들은 손을 가로저으며 바람처럼 사라졌다. 지금도 고마운 분들을 잊을 수가 없다.

며칠 전에는 고향 친구와 통화했다. 친구도 나와 같은 사고가 있었다고 했다. 에스컬레이터에서 친구가 발이 미끄러져 뒤로 넘어졌는데 뒤에 오르던 다섯 명의 승객이 도미노처럼 모조리 넘어졌다고 했다. 구급차가 와서 단체환자들을 병원으로 옮겼는데 친구를 제외한 사람들은 다행히 경상이어서 부담 없이 치료했다고 한다. 그 사고로 친구는 눈에 황반변성이 생기고 이명까지 와서 몇 년째 투병 중이란다. 평소 건강하고 활동적인 친구였는데 지금은 보호자 없이는 아무 생활도 할 수 없다니 안타깝다.

요즘엔 에스컬레이터만 보면 온몸이 자라처럼 오그라든다. 지금도 아주 천천히 조심하면서 버스보다 지하철을 더 많이 이용한다. 문명의 이기가 좋은 것만은 아니라는 것을 요즘에야 깨닫게 되었다.

거꾸리

운동기구인 거꾸리를 들여왔다. 남편이 척추관 협착증으로 2년 전부터 투병 중이다.

비수술로 치료하는 여러 가지 방법을 다 써 봤다. 그러나 어느 것 하나 신통한 것이 없었다. 그래서 큰아들이 의사인 친구의 권유라며 사 온 운동기구다. 그날부터 나는 예방 차원에서, 남편은 치료를 목적으로 하루에 한두 차례씩 운동하는 것이 일과가 되었다. 그런데 운동 중 거꾸리가 갑자기 휙 하고 한 바퀴를 돌더니 제자리를 찾아가 서는 것이다. 나는 너무 놀라 새 가슴이 된 채 설명서를 읽어봤다. 그것은 기구가 문제가 있는 것이 아니라 초보자의 서투름 때문이었다.

거꾸리는 직립으로 생활하는 사람들에게 허리 디스크 공간을 넓혀주는 역할을 한다. 허리 근육을 튼튼하게 해주고 신경을 완화시켜 주기도 하며, 복근을 만들어 주는가 하면 유연성을 길러 주는데 장점도 된다. 거실 한 옆에 버티고 서 있는 거꾸리가 나를 보고 이제 운동을 해도 된다고 손짓하는 것 같았다. 거꾸리에 매달려 세상을 보노라니 땅과 하늘의 위치가 뒤바뀐 것 같고 그 중간에 엉거주춤 서서 천장을 받쳐 들고 서 있는 듯하다. 늘 눈에 익은 것들인데도 웬일인지 새롭게 보이는 것이다. 그리고 내가 유년으로 돌아간 기분이다.

'거꾸리' 로 운동하다가 갑자기 둘째 아들 출산 때가 생각났다. 큰아들을 낳고 회복도 되지 않았는데 컨디션이 안 좋은 나를 보고 동네 사람들이 숙덕거렸다.

"저 새댁 또 임신했나봐"

"아기가 백일도 안 됐을걸?"

얼핏 그 소리를 들은 내 온몸에는 소름이 돋았다. 수다쟁이들의 입방아라고 귀를 막아 버렸다. 그런데 몇 달이 흘렀을까 이웃 한 분이 병원에 가서 친찰을 받아 보라고 했다. '뭘 잘못 먹고 체한 것이겠지 임신은 무슨 임신!' 하며 내과로 갔다. 그런데 의사는 청진기를 대자마자 얼른 산부인과로 가보라고 했다. 그래도 나는 반신반의 하면서 산부인과로 갔다. 그런데 벌써 임신 5개월이라고 한다. 뒤통수를 쇠뭉치로 얻어맞은 듯 하늘이 노랗다.

내 표정을 읽던 의사는 산모가 회복도 되기 전이며 시기가 늦어 손을 쓸 수가 없으니 다른 생각을 하면 안 된다고 한다.

5개월이라면 배가 제법 불러야 할 텐데 약간 도도록했을 뿐이기에 소화불량이려니 했다. 진찰 결과가 나온 뒤부터 불안과 긴장 속에서 병원을 자주 찾게 되었다. 그런데 더 놀라운 것은 아기가 거꾸로 있으니 병원에서 해산을 하라고 한다. 시어머니와 친정어머니는 아기가 뱃속에서 빙빙 돌다가 날짜가 되면 정상적으로 나오는 것이라고 했다.

오래 산 어른들 말씀을 철석같이 믿고 있는데 그날이 왔다. 그때는 자연분만이 대세였다. 그 시절 우리 동네에는 여자 산파 한 분이 많은 아기들을 받아 주었다.

산기가 시작된 뒤 한나절이 지나도 아기가 나올 기미가 안 보이자 산파를 불러왔다. 양수가 터지고 오랜 시간 진통에 사경을 헤맸다. 촉진제를 놨다. 몸이 단 남편은 산파보고 손 놓으라며 병원으로 가겠다고 서두른다. 그러나 이미 시간이 늦어 위험하다면서 두꺼운 솜이불을 산모의 허리에 받쳐주란다. 한 시간여 후에 아기의 머리가 아닌 발이 나온다고, 산모부터 살려야 한다고 남편이 소리친다. 거기다 발이 하나만 나오고 다른 하나가 안 보이니 정월인데도 산파가 땀을 뻘뻘 흘린다. 아기 다리가 벌려있어 나오지 못하면 둘 다 사망이란다. 비상사태다. 산모만을 걱정하던 남편이 이제는 혹시 아기가 잘못되어 질식사나 골절이면 어쩌나 하고 또 불안해한다. 갑자기 "나온다! 나와! 산모와 아기가 무사하다 성공이다!" 기다리던 다리 하나가 오금에 딱 붙어 나오는데 새파랗게 죽어 있더란다. 산파가 아기의 두 다리를 잡고는 거꾸로 들고 엉덩이를 철썩 철썩 철썩 세 번을 때리니 '응애~ '하고 크게 울었다. 강보에 싸인 아기의 '응애응애~' 하는 울음 하나만으로도 온 집안은 축제의 분위기였다.

거꾸리로 태어났으면 어떠랴 어쩌면 나도 내게 익숙한 바로 출산만 고집했던 건 아닌지 어쩌면 내 고정관념이 그런 것이 들어올 틈을 주지 않고 밀어냈던 것은 아닌지, 그러기에 거꾸리 출산은 비정상이 아닌 위험도만 있을 뿐이라는 것도 알게 되었다. 딸이 없는 내게 둘째 아들은 딸보다 더 자상하고 찬찬하며 인정도 많아 딸 같은 아들이다.

건강한 심성의 아들 덕에 딸이 없다고 자신을 괴롭히지 않고 현재의 모습으로 긍정적인 마인드로 행복을 누릴 수가 있다. 우리 부부는 거꾸리를 통해서 건강을 유지하고 좋은 쪽으로 힐링이 되어 가고 있다. 거꾸리가 우리 부부의 건강을 책임지고 제 몫을 다 하고 있듯, 아들 또한 곧고 바르게 성장하여 삼 형제의 우애까지 챙기며 우리 내외의 버팀목이 되고 있다. 거꾸리를 무심히 쳐다보고 있는 아들이 저 태어났을 때의 절망과 감격을 떠올리는 것은 아닐까, 친구 같은 아들, 친구 같은 거꾸리!

시어머니

팔십구 세 시어머니가 주야장천 편안한 모습으로 잠만 주무신다. 흔들어 깨우면 눈을 반쯤 잠깐 떴다가 다시 주무시기를 두 달째다. 곡기를 끊으신 지 한 달 반이 되었다. 햇빛을 못 본지 오래되어서 얼굴은 옥양목처럼 하얗고 검버섯이 가득하다. 그사이 무척 쇠약해진 어머니는 기저귀를 차고 하루 세 번 미음만 반 수저씩 받아넘기신다.

어머니는 천안 남관리에서 농촌의 아낙으로 혼자 사시다가 서울로 오신 지 38년째다. 어머니는 14세에 시집와서 슬하에 아들 둘 딸 둘을 두셨다. 그중 남매를 잃고 3대 독자인 아들과 일곱 살 아래인 딸을 갖은 고생으로 키우셨다. 시아버님은 6·25전쟁 때 동네일을 보시다가 공산당에게 억울한 희생을 당하셨다고 한다. 그때 어머니 나이 25세에 청상과부가 되셨다. 18세에 낳은 외 아들만을 자식이자 남편처럼 의지하며 사셨다.

키는 자그마하며 아담하고 단아하신 분으로 손끝도 야무지신 분이다. 그러나 보기와는 다르게 치마 두른 남자라는 평을 들으며 외유내강으로 한평생을 살아오셨다. 우리가 어머니를 서울로 모셔왔을 때는 51세였다. 지금 세대라면 그 나이는 한창 혈기 왕성한 청춘이다. 그 시절에 나는 시어머니가 고령인 줄 알고 시집올 때 노인에게 맞는 색이라고 쑥색 한복 한 벌을 해 드렸다. 그런데 어머니의 씁쓰레한 표정에 고개가 갸웃둥 했는데 나의 실수였다는 걸 뒤늦게 알게 되었다.

어머니는 58세에 급성 천식으로 2년을 고생하셨다. 하루에 5~6회 발작을 일으키면 택시를 부르거나 아들이 업고 병원으로 뛰어야만 했다. 그 증상은 1시간 반에서 2시간 동안 지속되었다. 병원에 입원도 다섯 차례나 했다. 천식은 만성적인 기도의 알레르기 염증질환으로 폐 속에 있는 기관지가 때때로 좁아져서 호흡곤란과 기침으로 증상이 반복적으로 일어난다. 밤만 되면 더 심해서 우리 부부는 잠을 교대로 자야만 했다. 담당 의사는 천식은 고질병으로 치료가 불가능하다면서 포기하라는 말을 했다.

병원에서 손을 놓으니 우리 부부는 하는 수 없이 팔을 걷어붙였다. 남편은 영등포에서 천식 주사약을 사왔다. 나는 주사기를 삶아대고 남편은 주사를 놓고, 이러기를 하루에 대여섯 번씩 하던 것이 점차 통증의 횟수가 줄어 3개월 만에 완치되었다. 이 소문을 들은 천식 환자 한 사람이 약방을 찾아갔더니 그 약은 그때 잠시 나왔을 뿐이란다. 환자는 젊은 남자였는데 결국 천식으로 다시 못 올 길을 갔다.

어머니는 만성 위장병, 대상포진, 골수염, 좌골신경통 등으로 고생하셨는데 대상포진과 골수염은 여러 차례 입원 치료 결과 완치되었다. 위장병과 좌골신경통은 집에서 민간요법으로 몇 년 동안 끈기 있게 매달리다 보니 신기하게 좋은 효과를 보고 건강해지셨다. 그래서 건강검진 받을 때마다 콩팥은 보통 사람 두 배로 크고 당뇨, 심장, 위, 골다공증, 혈압, 고지혈 등 고령 할머니가 이렇게 건강 좋은 분은 처음이란다.

그런데 3년 전에 방에서 낙상으로 고관절 골절이 되어 119로 병원에 후송되었다. 바로 인공관절로 교체하는 대수술을 받았다. 한 달 반 만에 퇴원하셨다. 그 뒤로도 병원을 안방 드나들 듯했다. 온돌방 생활을 못 하겠기에 불시로 침대와 실버카를 주문해 왔다. 수술이 잘 되었다는 의사 말에 금방 완쾌하여 활동하실 줄로 믿었다. 그러나 고관절 골절의 경우에는 수술했다 하더라도 고관절 자체가 원인이 되기보다는 그로 인해 장기간 움직이지 못하게 되므로 신진대사 기능이 떨어지게 되어 뇌졸중, 욕창, 영양실조 등 합병증이 발생하므로 사망할 수 있다고 한다.

오랜 세월 모시고 살면서 어머니께서는 잔소리 한 번 안 하시고 노인정 회장직을 맡아 그 취미로 사셨다. 풍문으로 들려온 말은 "우리 며느리는 열 며느리 부럽지 않아." 라며 칭찬을 아끼지 않으셨던 분이다. 시어머니는 그렇게 3년 6개월 동안 고생하시다 하늘나라로 가셨다. 낙상만 하지 않았더라면 백수를 하셨을 텐데….

구사일생九死一生

제주도 4·3사건은 1947년 3월 1일부터 1954년 9월21일까지 많은 민간인이 희생된 비극적인 역사적 사건이다. 아산군은 제주도 사건 다음으로 제2의 모스코바, 빨치산의 소굴이었다고 한다. 그만큼 6·25전쟁과 함께 좌익 계열의 빨치산들이 온갖 폭정과 횡포를 다하던 곳이었다. 내 남편은 그때의 일을 생각하며 아무리 세월이 흐르고 온 세상을 다 헤매어도 시아버지와 시누님의 시신조차 찾을 수 없었다며 지금도 눈물을 흘리곤 한다. 아직도 불쌍한 영혼들이 구천을 헤맬 걸 생각하면 가슴이 아프단다. 그때의 참사 현장을 목격한 사람도 있지만 모두는 입을 함구한 채 모른척한다고 하니 안타까움이 더하다.

남편은 8살 어린 소년으로 6·25전쟁을 몸서리치게 겪었다. 좌파 남로당이 앞장서 잔다리, 휴대리, 풍세면 미중리, 목천면 도장리의 농민들을 동아줄로 굴비 엮듯 줄줄이 묶어 끌고 갔다. 그 대열에는 동네일을 보시던 시아버지는 물론 시어머니와 시누님 남편까지 일가족이 끌려가 죽음을 기다리고 있었다.

그때 감시하던 순경이 잠시 한눈을 파는 사이 시어머니는 이래 죽으나 저래 죽으나 한번 죽는 건 매한가지라면서 아들 팔을 낚아채어 잽싸게 도망을 쳤단다. 뛰다가 사방을 둘러보니 바로 눈앞에 수북이 쌓인 잿더미가 있어 그곳에 숨을 수 있었다고 한다. 그 시절에는 볏짚이나 나무를 땔감으로 사용했는데 날마다 아궁이에서 재를 한 삼태기씩 퍼다 모아둔 게 잿더미다. 그들이 안 보이는 잿더미 뒤로 가서 그 속에 푹 파묻혀 눈만 빼꼼히 내놓고는 춥기도 하고 무서운 마음에 꼼짝도 못하고 벌벌 떨면서 웅크리고 있었다고 한다. 몇 시간이 흘렀는지 사방이 어두워지고 조용할 때 그 속에서 겨우 나올 수 있었다는데, 이렇게 시어머니의 잽싸고 야무지신 순발력 덕에 삼대독자인 그이는 어머니와 함께 구사일생으로 목숨을 부지할 수 있었다.

혹독한 고생과 피눈물 나는 피난살이는 그때부터 시작되었다. 집으로 가면 인민군이 언제 잡으러 올지 모르니 집으론 갈 수 없겠기에 모자는 갈 곳이 없어 동동거리다가 모정리 종조할머니 댁을 찾아갔다. 그때 만삭이던 시어머니는 이튿날

딸을 순산하셨는데 불행하게도 유복녀가 된 그 아기는 지금 내 시누이가 되었다. 단 하나뿐인 피붙이자 시누이는 평생을 비단길만 걸으며 유복하게 잘살고 있다. 종조할아버지는 당신들까지도 인민군들에게 해를 당할까 두려워하여 산모를 일주일 만에 내쫓았단다. 시어머니는 핏덩이를 솜이불에 둘둘 말아 안고, 어린 소년은 엄마 치맛자락을 움켜쥐고 허벅지까지 쌓인 눈 속을 뚫고 먼 친척이 사는 조치원을 향해 온종일 걸었다. 그러나 그곳에서도 3일 만에 쫓겨났다. 다음엔 도장리에 사는 시고모님 댁을 찾아갔는데 때 거리가 없는 고모님 댁에서 산모는 굶기를 밥 먹듯 하면서 지내셨다고 한다.

그이는 그때의 일을 지금도 생생하게 기억하고 있다. 9·28 수복이 되었다는 소문을 듣고 집으로 갈 수 있었다. 그때도 어디서 오고 어디로 가는지 국군과 미군 병사가 뒤엉켜 사방이 군인 천지였는데 몸에는 흙투성이에 눈만 반짝거렸단다. 계속되는 대포 소리에 흙담 집이 무너지고 하루살이 세상은 계속 이어졌다. 사람들은 바깥출입도 못 하고 거리에는 군인들만 들끓었다. 밤에는 인민군들이 손전등을 켜고 팔에는 붉은 완장을 두르고 온 동네를 설치고 다니며 식량을 내놓으라고 집집마다 뒤지고 김치도 퍼가는 무법천지였다. 불이 켜져 있는 집이나 마당에 모닥불만 있어도 비행기가 폭탄 세례를 퍼부어 댔다. 사람들은 바짝 겁을 먹고 긴장하고 있는데, 머리 위로는 국군과 인민군의 포탄이 치열하게 넘나들며 불꽃이 밤하늘에 수많은 포물선을 그리는 광경을 목격하기도 했단다.

그 시대 우리 부모님께서는 오빠와 남동생이라도 살리겠다고 피난 가시고, 나는 여동생과 할머니를 모시고 두려움과 공포 속에서 떨며 지냈다. 가족이 부둥켜안고 울며 헤어지던 일, 피난 갔다가 다시 돌아와 이산가족이 살아서 만나 눈물바다를 이루었던 그때를 떠올리면 지금도 온몸에 소름이 돋는다.

그 후 소문에 의하면 시아버지와 시누님 이외에도 수백 명을 광덕산 방공호에 몰아넣고 총살했다고 한다. 그래서 시아버지의 제사는 집을 나가신 날로 지내고 있다. 이렇게 당대의 역사는 치 떨리는 체험이었지만 후대의 역사는 기록으로 남는다. 참혹했던 그때의 영상들이 지금도 눈앞에 아른거린다.

선풍기

말복이 지났는데도 더위는 여전히 기승을 부린다. 외출에서 돌아오니 온몸이 땀범벅이다. 샤워를 했다. 그런데도 땀은 주체할 수 없이 흐른다. 선풍기의 강풍을 누르니 바람개비가 신나게 돌아간다. 시원한 바람으로 땀이 멎으니 문명의 혜택에 고마움을 느낀다.

문득 40년 전이 생각난다. 그때 나는 달동네 사글세방에서 살았다. 그 시절엔 선풍기가 아주 귀한 물건이어서 동네에도 선풍기 있는 집이 별로 없었다. 더우면 그저 팔이 아프도록 부채질을 해야만 했고, 등물을 하는 것이 고작이었던 시절이었다. 그래서 다닥다닥 게딱지처럼 붙어 있는 집들 사이로 어쩌다 비집고 들어와 주는 실바람이 반갑기만 하였고 고맙기까지 했다.

더위와 씨름하면서 무심코 창밖을 내다보았다. 그때 "선풍기 사요! 선풍기요"하는 소리가 들려왔다. 나도 모르게 밖으로 나갔다. 선풍기를 다섯 대 팔아주면 한 대는 공짜로 준다는 말에 귀가 솔깃했다. 물건은 먼저 주고 값은 매달 조금씩 갚으면 된다고 했다.

이웃사람들과 십시일반으로 쉽게 다섯 대를 팔아주었고 우리 집에도 선풍기가 생기게 되었다. 그 때 선풍기 한 대 값은 2만원, 거금이었다. 매월 2천 원씩 열 달간 다섯 대의 값을 수금까지 해주기로 했었다. 그러나 가난이란 놈은 받아놓은 이 돈을 널름널름 집어먹어 버렸다. 선풍기 장사가 올 때쯤이면 형사가 나를 잡으러 오는 것 같았고 가슴이 마구 방망이질을 치면서 불안에 떨었다. 그렇게 어렵게 장만한 신일선풍기는 우리 집 가보 1호가 되었다.

너무 강하게 틀면 바람개비라도 부러질까 두려워 아무리 더워도 미풍으로만 켰다. 코흘리개 아들 셋과 우리 내외까지 다섯 식구가 옹기종기 선풍기 앞에 모여앉아 얼굴을 들이대고는 서로들 미소를 지어가며 행복해했다. 그러다 처서가 지나면 먼지를 털고 닦고 기름칠을 하여 통풍이 잘되는 면 망을 씌워 다음 해를 위해 잘 모셔두었다.

지금은 집에 에어컨이 있는데도 방마다 선풍기가 있어 네 대나 된다. 그래도 가보 1호인 선풍기는 40년이 지난 지금도 버리지 못한 채 우리 집의 한 자리를 차지하고 있다. 아들 셋이 장성하여 모두 집을 떠나고 두 식구만 남은 지금은 에어컨을 켜는 것이 아까워서 우리 집 에어컨은 장식품으로 자리만 지킬 뿐 여름철 내내 선풍기가 수고를 한다. 뭐니뭐니 해도 여름엔 선풍기가 제일인 것 같다. 나는 에어컨 바람보다 선풍기 바람을 더 좋아한다. 선풍기는 하루종일 틀어놓아도 전기세 부담이 없다. 그래서 우리 집 선풍기는 더위 사냥 총 대장이다. 숨 막히는 더위가 맹위를 떨치는 삼복 중에 선풍기는 쉼 없이 돌아가며 더위 속에서 우리 가족을 구해 준다.

그러고 보면 선풍기는 예나 지금이나 막혔던 숨을 탁 트이게 하여 살맛나게 해주는 고마운 생활문화재다. 그런데 나는 한 평생 살면서 누군가에게 시원한 바람 한 자락이라도 보내준 적이 있었을까! 답답한 누군가의 마음을 어루만지며 시원하게 해준 적이 있었는가! 과거를 돌아보며 40년이 되도록 변함없이 자리를 지키는 선풍기에게로 슬그머니 눈이 간다. 변함없이 자리를 지키며 다른 사람의 마음을 어루만져 주는 40년지기 선풍기처럼, 강한 바람에 꺼지지 않는 작은 촛불처럼 나도 누군가에게 힘이 되어주는 그런 삶을 살고자 새로운 다짐을 해본다.

제4부

후회의 계절에

바가지 샘

더위 때문인지 유난히 갈증이 난다. 어린 날처럼 퐁퐁퐁 솟구치는 시원한 샘물을 한 바가지 가득 떠서 마시고 싶다. 하지만, 요즘 어디에서 그런 바가지 샘물을 찾아 볼 수나 있겠는가?

'샘물' 하면 왠지 정겹고 친근한 느낌이 든다. 좋은 수필을 쓰고 싶은 갈증으로 밤을 하얗게 새우던 때가 한두 번이 아니다. 내 생각의 샘, 언어의 샘에서도 맑은 샘물 같은 언어를 길어 올릴 수만 있다면 얼마나 좋을까!

내 어릴 적 고향 마을에는 바가지로 퍼마시는 옹달샘이 있었다. 그곳엔 동네 아낙들이 오지자배기에 담긴 보리쌀을 머리에 이고 와서, 샘가에 모여 앉아 손안에 들어오는 납작하고 예쁜 돌멩이로 보리쌀을 깎고 씻으며 수다의 꽃을 피우기도 했다. 그 이야기 속에는 마을의 온갖 정보도 숨어있어 온 동네를 훨훨 날아다니곤 하였다.

아낙들은 큰 다라이에 빨래를 한가득 이고 와서 넓은 돌바닥에 부어 놓고 시집살이 화풀이로 암팡지게 방망이질을 하며 빨기도 했다. 우물은 대개 집 뒤나 앞마당에 파놓고 쓰는데, 땅을 파서 물이 괴게 만든 것이 땅속에서 나오는 물이라 가뭄에는 물이 마르기 마련이다.

그러나 내 고향 바가지 샘은 아무리 가물어도 물이 마르는 법이 없었다. 오염되지 않은 물이라 그런지 물맛도 좋았다. 그래서 마을 사람들은 그 물을 감로수라 불렀다. 그런 물맛을 지키기 위해 매년 음력 정월 열 나흗날이면 온 마을 사람들이 모여서 용왕제를 지냈다. 그날은 풍장 한마당이 벌어져 마을의 평안과 안녕을 기원하는 흥겨운 자리가 되기도 했다.

마을 사람들은 식수를 샘물에 의존해 살았기 때문에 매우 소중하게 여겨 언제나 깨끗한 물이 많이 솟아나길 바라는 마음이 간절했다. 만일 물맛이 없거나 더러워지면 마을을 버려야 할 만큼 중대한 문제였다. 그런 뜻에서 물 사정은 인간의 힘으론 어쩔 수 없어 용왕 신을 모시는 용왕제를 지냈나 보다. 그렇게 마을 사람들은 샘물에 대한 정성이 지극했다.

그때는 물동이나 지게로 물을 길어다 먹었다. 부엌에 큰 항아리를 묻어 놓고 물을 가득 채워 식수로 쓰곤 했다. 어머니는 두부를 만들어 파셨다. 어머니가 두부 장사를 가시거나 들일을 나가시면 맏딸인 나는 항아리에 물을 길어다 가득 채워 놓곤 했다. 그런 나를 어머니는 물론 동네 사람들까지 대견해하며 칭찬을 아끼지 않았다. 그때마다 나는 더욱 신이 나서 무거운 물지게를 지고도 마라톤 선수처럼 뛰어다녔다. 독에 물이 찰랑찰랑 차면 내 자긍심과 가슴 뿌듯한 성취감으로 세상을 다 얻은 듯이 기뻤다.

두부 장사까지 해서 살림에도 쓰고 가까스로 보릿고개를 넘기느라 허리가 휘도록 고생하시는 어머니를 위해 우리 형제들도 집안일을 도왔다. 날마다 내가 길어온 샘물로 두부를 만들었는데 하루에 한 틀씩 30모 만들었다. 동생들도 학교에 다녀오면 가방을 던져놓고 두부 공장 직공이 되었다.

온 동네가 집집마다 두부나 도토리묵 장사로 삶을 연명하던 시절, 그렇게 물을 많이 퍼 날랐어도 마를 줄 모르고 퐁퐁퐁 솟아오르던 샘물이었다. 물이 겨울에는 온천수처럼 따뜻하여 김이 모락모락 피어올랐고 여름에는 손이 시릴 만큼 차가웠다.

20여 가구의 생명줄이었던 그 샘이 지금은 도시 문명에 떠밀려 간 곳 없이 사라졌다. 그 자리에는 샘물 대신 높다란 아파트가 버티고 서 있다. 지금은 고향에 가도 그 샘물을 맛볼 수가 없어 가장 마음이 아프다. 내 유년의 샘물은 이제 추억으로만 남게 되었다.

사람들은 저마다 가슴속에 맑은 샘물 하나쯤 숨겨두고 있으리라. 다만 그것을 찾아내고 어떻게 다스리느냐의 차이만 있을 뿐이다. 생각해 보면 마음속의 샘물이 마르게 될 때 동심을 잃어버리고 삶의 근원조차 잃게 될까 두렵다.

글을 쓰면서도 나는 그 고향의 샘물을 생각하곤 한다. 시들어 죽어가던 식물도 한 바가지의 물이면 금방 기지개를 켜고 일어나게 하던 샘물이었다. 천연 암반수처럼 맑고 순수하며 다른 사람의 마음을 어루만져 주고 상대방을 배려하는 겸손함이 곧 자신을 성장시키리라. 퍼내지 않고 고여 있으면 물도 썩듯 글도 계속 퍼 올려야 한다. 아무리 퍼내어도 마르지 않는 내 고향 샘물처럼 내 가슴 속에서도 주옥같은 언어들이 퐁퐁퐁 솟구쳐 올랐으면 좋겠다.

워낭소리

영화를 보는 내내 큰 바위로 가슴을 누르는 듯 마음이 답답했다. 이 영화는 호화스러운 스타도 없다. 주인공이라고는 늙은 부부와 늙은 소 한 마리가 전부다. 재미있는 스토리도 없다. 뛰어난 대사도 없다. 늙은 농부가 늙은 소와 함께 밭을 갈고 산에서 나무하며 일상적인 대화를 나누는 게 고작이다. 첩첩산중의 벽촌에 있는 집 한 채와 농토가 배경의 전부다.

80세의 최원균 할아버지에게는 30여 년 동안 키운 소 한 마리가 인생의 전부였다. 그는 한쪽의 불편한 다리(의족)로 파트너인 소와 함께 우직하게 농사만 지으면서 9남매를 키워내신 분이다. 그런 할아버지의 모습에 서운함과 불만으로 투정하는 77세 할머니, 할머니보다 소를 더 사랑한다며 노쇠하고 성치 못한 몸으로 고생하시는 할아버지가 안타까워 소 팔기를 사정해 보건만 할아버지는 소중한 가족이자 노동의 반려라며 쇠고집을 부리신다.

자식들의 성화에 못 이겨 소를 우시장까지 끌고 갔지만 소를 팔지 않으려는 마음으로 백만 원 가치도 안 되는 늙고 삐쩍 마른 소를 오백만 원을 달라며 버티다가 집으로 다시 끌고 들어오는 할아버지와 그런 식으로 이별 연습을 한 듯 소는 점점 쇠약해져가고 먹기를 게을리하다가 결국 죽음을 맞이하게 되었다. 소는 임종이 가까워지자 큰 눈에 굵은 눈물방울이 그렁그렁 맺힌다. 오랜 세월 살아온 소는 죽음이 임박해옴을 알고 주인과의 마지막 이별을 슬퍼하며 눈물을 흘리는 것일까! 언젠가 도살장에 끌려가는 소가 눈물을 흘리는 것을 본 적이 있었는데, '다른 동물들도 소처럼 죽음을 앞에 두면 눈물을 흘릴까!' 나는 살아 있는 모든 동물은 소처럼 그럴거라는 생각을 했다.

영화를 보면서 최원균 할아버지와 너무도 흡사한 삶을 사시다 이승을 하직하신 친정아버지 일생이 자꾸 겹쳐 보였다. 아버지는 항상 소 곁을 지키시며 보살피셨다. 때를 거르지 않고 먹거리도 챙겨주며 소털도 잘 다듬어 주셔서 늘 기름이 잘잘 흐르고 윤이 나는 털을 유지하게 해주셨다. 날씨가 썰렁해지면 감기라도 걸릴까봐 덕석을 덮어 추위를 막아주기도 하셨다. 아버지는 오직 소에게만 매달려 지극정성을 다하셨다.

어머니는 코뚜레 송아지를 사와서 적당히 키우다 팔고 다시 송아지를 사곤 하셨다. 그래야 그 떼어낸 돈으로 자식들 학비에 보태거나 보릿고개를 넘기는 데에 쓸 수 있었기 때문이다. 가난한 시절, 우리에게는 집에서 키우는 소 한 마리가 가장 큰 언덕이고 디딤돌이었다. 아버지는 나날이 무럭무럭 커가는 소를 보는 게 낙이었기에 자식처럼 애지중지하셨다.

"녀석 참 잘도 생겼지. 식성도 좋고…."

이렇게 만면에 미소를 지으며 행복해하셨다. 소를 팔자는 어머니와 최원균 할아버지처럼 안 팔겠다는 아버지와 두 분이 다투시던 일도 있었다.

아버지의 유일한 낙이자 취미 생활은 소를 키우는 일이었는데, 자식들 키우며 먹고살기에 바빴던 어머니는 결국 그 영역까지 침범하고 아버지의 뜻을 꺾어야만 했다. 소를 생각할 때마다 가슴 아픈 사연이 주마등처럼 스쳐지나간다. 지금도 눈을 껌벅이며 서있는 소만 봐도 아버지를 떠올리게 되며 가슴을 쓸어내리게 된다.

아버지는 할머니가 돌아가시자 선산에 모셔드리고 오셨다. 그런데 집에 돌아오자마자 온몸에 한기를 느끼며 몸을 사시나무 떨 듯하셨는데 그 병세를 이기지 못하여 깨어나지 못하고 돌아가셨다. 지금도 우리 집에서 키우던 그 소가 워낭소리 울리며 금방이라도 아버지처럼 뚜벅뚜벅 걸어 나올 것만 같다.

세월의 흔적

책장을 정리하는데 한쪽 구석에 놓여있는 일기장이 눈에 들어온다. 검은색 가죽 표지의 대학노트다. 최근에 써 놓은 몇 장을 넘겨보다가 갑자기 60여년 동안 써 놓은 일기장을 펼쳐보고 싶어졌다. 장롱 깊숙이 보물처럼 모셔두었던 것들을 조심스럽게 꺼내 보았다. 그 안에는 한 젊은 여자의 당찬 꿈이 있었고 한 가족의 역사가 숨 쉬고 있었다. '그래, 이때는 참 좋았어. 내게도 이런 때가 있었지.'

나는 일기를 1960년부터 쓰기 시작해 오늘날까지 쓰고 있다. 그 시절에는 노트가 귀해서 누런 마분지를 묶어 펜촉에 잉크를 찍어 썼는데 지금 보니 잉크가 얼룩얼룩 퍼져 무슨 글자인지 알아볼 수가 없다. 1965년경부터는 볼펜으로 쓰기 시작했는데 지금도 그 글씨는 선명해서 잘 읽어진다. 1971년부터는 중고등학생용 노트에 쓰기 시작했으며, 2000년부터는 가죽 표지의 고급 대학노트를 쓰기 시작했다. 산더미처럼 쌓여 있는 일기장을 보면 시대의 변천사를 보는 것 같다.

일기를 쓰면 장점이 많은 걸 알게 된다. 그날 하루를 정리하는 의미도 있고, 나의 행동을 객관적으로 판단하고 반성할 수가 있다. 일기 쓰기는 조용한 밤에 나 자신과 대화하며 고민을 나누는 것으로 마음의 상처를 치유하는 내면의 평화를 얻는 길이기도 하다. 또한 나의 삶에 있어서 소중한 순간들을 영구히 기억할 기회를 제공해 주기도 하고 스스로를 수양하는 계기가 되기도 한다.

심심할 때마다 자신의 일기를 다시 읽어보는 것도 재미있다. 잊고 지냈던 과거의 날들이 또렷이 기억나기도 한다. 일기를 쓰지 않으면 삶의 흔적이 없어지고 허무하며 재미가 없을 것 같다. 일기는 나에게 큰 힘이 되어주는 친구이자 내 인생을 보다 풍요롭고 의미있게 만들어 줄 수 있는 도구이기도 하다.

일기장을 다시 읽어본다. 아이들이 초등학생 때 일이다. '쌀을 넉넉히 살 형편이 안 되어 됫박쌀을 사서 시어머니 모르게 감춰 놓고 어머니께만 쌀밥을 해 드렸다. 어머니께서 이 사실을 아시면 마음 놓고 식사를 하실 수 없을 것 같다는 생각에서였다.' 라는 내용으로 한 페이지가 채워져 있다. 요즘은 외식을 많이 하고 집밥들을 잘 안 먹어서 소량의 쌀을 사놔도 줄지를 않고 있으니 그 때의 일이 새삼스럽다.

아들 셋이 중고등학교 다닐 때는 한 달 식량을 잡곡까지 대략 한 가마 이상을 먹었다. 도시락을 한 사람당 두 개씩 매일 5개~6개씩 싸줬다. 그때는 매해 가을이면 연탄을 지하실에 꽉꽉 채우고 80kg짜리 쌀부대를 마루에 10여 개씩 쌓아 놓기도 했었다. 서울 B중학교 직원으로 근무하는 동네 아주머니가 있었는데, 학생들이 불우이웃돕기로 모은 쌀을 시중보다 저렴하게 살 수 있어서 팍팍한 살림에 그나마 쌀을 넉넉하게 사놓을 수가 있었다. 쌓여있는 쌀더미를 하루에도 수없이 쳐다보다가 지하실을 들락이며 연탄을 들여다보면서 입이 귀에 걸려 행복해하던 일들.

그리고 그때는 아모레 화장품 장사가 가정 방문을 하며 외상으로 화장품을 주고 매월 수금해 가기도 했었다. 나도 그 대열에 끼어 편리하게 화장품을 사서 사용하기도 했다. 한 달도 거르지 않고 돈을 줬는데 한번은 수금 날에 와서 지난 달은 돈을 안 받았다며 우기는 바람에 버선이 아니라 뒤집어 보일 수도 없고 애가 타기도 했던 일, 그러다가 감추고 싶은 가계부까지 보여줬더니 그 사람은 도둑질이라도 하다 들킨 사람처럼 당황한 얼굴로 코가 땅에 닿도록 사과하던 일, 한동안은 일기를 시로 쓰기도 했는데, 시 같지 않은 시를 보니 웃음이 절로 나온다. 만학도로 방송대학 다닐 때의 에피소드 등등, 나의 과거가 수록된 일기를 보니 부끄럽고 창피하기도 하다. 일기를 읽어보니 타임머신을 타고 옛날로 돌아간 것 같은 짜릿한 기분이 든다.

이렇게 내 삶은 과거와 연속해서 현재를 살고 미래를 향해 달리고 있다. 과거는 지워지는 것이 아니라 흘러간 세월을 머금고 있어 역사를 더듬어 볼 수 있기에 나의 일기는 귀하고 소중한 보물이다. '사람은 늙어가면서 추억을 먹고 산다.'고 하는 말이 있는데, 내게 두고 한 말인 것 같다. 지금 수필을 쓰는 밑거름도 이 일기의 힘이 일조한 거라 믿는다.

소설가 박경리 씨는 『버리고 갈 것만 남아서 참 홀가분하다』라는 시집을 유작으로 남겼다는데 나는 아직도 버리지 못한 것들이 많다. 애경사 때마다 남겨놓은 방명록, 임명장, 상장들, 기념패, 앨범 등 모두 내 삶의 흔적들이다. 이제 이것들을 하나씩 정리해야겠다고 생각하니 마음이 짠하다. 하지만 우리 집 보물이자 역사인 나의 일기장만은 버리고 싶지 않다.

후회의 계절에

삼복더위가 기승을 부리는 칠월 그믐이다. 무엇인가 잃어버린 듯 내 마음이 허전하다. 괜스레 방안에서 뒷짐을 지고 서성거린다. 어제는 시어머님께서 89세의 일기로 세상을 떠나신 지 사십구일로 탈상한 날이다. 그래서인지 방 구석구석에서 그분의 체취가 더욱 진하게 풍긴다. 문틈에 꼭꼭 끼어 있던 잔상들도 떨어질 기미를 전혀 보이지 않는다. 지금도 "에미야!" 하고 부르시는 것만 같아 자꾸 귀를 기울이고 두리번거린다.

3년 전 가을, 어머니는 방에서 낙상하시어 인공고관절 수술을 받았다. 한 달 반 만에 퇴원하셨고 집에서의 투병 생활이 시작되었다. 빠른 완치를 위해선 물리치료가 최고라고 어머니는 그날부터 운동을 시작하셨다. 거실 소파에 앉아 두 발 구르기, 보행 보조차를 밀고 다니면서 하는 걷기운동 등으로 전력을 다하셨다.

한겨울이 지나니 많이 쾌차하신 것 같은데도 여전히 아침 저녁으론 일으키고 뉘어드려야 했다. 의자에 앉거나 서서 하는 일은 지장이 없는데 자리에 눕고 일어서는 일은 자유롭지 못했다. 그래서 아침상을 다 차려 놓고 부축해서 일으켜 드려야 식사를 하셨다.

그런데 하루는 식사 시간이 임박했을 때 갑자기 이상한 악취가 풍겼다. 저녁마다 대형 기저귀를 채워 드리는데 '어머니가 혹시?' 하면서 살펴봤다. 아니나 다를까 금방 볼일을 본 흔적이 역력하다. 어머니의 몸에서부터 이부자리까지 김이 오르는 것이 마치 떡시루에서 나오는 김처럼 모락모락 피어오른다. 종합검진을 받을 때마다 내과에는 이상이 없단다. 그런데 오밤중도 아닌 해가 중천에 떠 있는 대낮에 어떻게 이런 일이 생길 수 있는지 이해가 안 되었다. 투병 중에도 노인정 회장의 소임까지 실수 없이 보고 계시는 어머니다. '느낌이 올 때 자식들을 미리 좀 부르시면 될 것을 왜 이런 사고를 치시는지!' 한두 번은 그냥 넘어갔지만 이 삼 일에 한 번씩 일이 거듭되다 보니 참다못한 아들이 나를 대변해 주었다.

"치매 노인이나 심술부리는 것도 아니라면 세상에서 제일 똑똑하신 어머니께서 이게 무슨 짓이에요?"

어머니께서 한 말씀 하신다.

“그까짓 것 가지고 웬 수선들이야, 노인정의 어떤 할머니는 10여 년씩 대 소변을 받아내는 자식들도 있다더라.”

‘미안하다. 나도 모르게 그만 실수를 했구나.’ 이런 말씀 한 마디쯤은 하실 줄 알았다. 답답한 마음에 요양원에 모실까 하는 생각도 해 봤다. 하지만 38년이란 세월을 동고동락하면서 생긴 끈끈한 정 때문인지 그도 마음이 내키지 않았다, 다행히 아들이 그 말을 한 뒤부터는 더 이상 그런 일은 없었다.

어머니는 임종을 앞두고 석 달 동안은 아예 자리보존하고 누워 계셨다. 그러다가 저 세상으로 가셨는데 복 많은 노인이라고, 호상이라고 남들은 말한다. 그러나 나는 그동안 못해 드린 일만 자꾸 생각난다. 지금 생각해 보니 어머니는 생전에 내 마음의 지주였었고 수호신이었다. 사람이 늙으면 어린 아기로 되돌아간다고 한다. 그때의 어머니는 아기가 되어 아들 며느리에게 응석을 부리고 싶었던 것은 아니었나 하는 생각이 든다. 이제는 후회의 계절 가을이다. 언젠가 나에게도 후회의 계절에 낙엽 지고 눈 내리는 겨울이 오겠지….

첫 기차여행

기차 소리는 언제 들어도 정감이 간다. 내 기억 속의 기차는 하늘에 하얀 수증기를 뿜어 올리며 뿌우뿌우 소리를 내고 달리던 증기기관차인 완행열차다. 지금은 특급열차나 새마을호로부터 소외당하고 있지만, 내게는 말만 들어도 어머니의 따뜻한 품이 생각날 만큼 마음이 푸근해지는 내 젊은 시절의 낭만이 깃든 환상의 무지개이기도 하다.

내가 기차를 처음 타게 된 것은 초등학교 4학년 가을이었다. 서울에서 장항까지 가는 기차였다. 내게는 일란성 쌍둥이 이모님이 계셨는데 작은 이모님께서는 내가 어려서부터 우리 집에서 사셨다. 오빠와 나를 업어 키우시며 어머니 일을 도와 드렸던 고마운 분이다. 그 이모님께서 결혼하시고 근친 왔다가 갈 때의 일이었다.

그 시절에는 여자가 결혼하면 '출가외인'이라 해서 '사돈

집과 뒷간은 멀수록 좋다'는 속담처럼 사돈 간에 왕래가 거의 없었다. 명절이나 부모 생신에만 친정엘 갈 수가 있었는데 그것도 시부모님께서 보내주셔야 갈 수 있었다.

여자가 결혼 후 3일 만에 친정엘 보내주는 풍습이 있었다. 그때 이모님께서도 친정에 왔다가 돌아갈 때였는데 외할머니께서는 햇찹쌀로 인절미를 해서 큰 소쿠리에 정성을 다해 꽉꽉 채우셨다. 그 모습을 보는 나는 외할머니가 야속하기만 했다. 곁에서 자식들이 그 인절미를 보면서 꼴깍꼴깍 침을 삼키는데 겨우 맛만 보여주시곤 이모가 가져갈 떡 보따리 챙기기에만 정신이 없으셨던 외할머니, 떡을 넉넉히 해서 자식들까지 먹일 형편이 안 되는 외할머니 마음은 얼마나 아팠을까. 외할머니는 이바지 떡을 준비하면서 조금의 흠이라도 잡히면 눈엣가시처럼 이모가 시집살이를 쎄게 하실까봐 두렵기 때문이었을 것이다.

그때 철없는 나는 이모를 따라가겠다고 앞장을 섰는데 이모는 다음엔 데려갈 수 있지만 그날은 안 된다고 하셨다. 이모님은 어린 이질녀가 막무가내로 생떼를 쓰니 마지못해 승낙을 하셨다. 어머니는 추석빔으로 준비한 한복을 입혀 주시면서 사돈들한테 인사 잘하고 이모 말도 잘 듣고 얌전하게 있다가 오라고 신신당부하셨다. 그때 교통수단의 최고는 완행열차였으므로 온양온천에서 예산까지 갈 목적으로 난생처음 기차를 타게 되었다. 그런데 완행열차는 대만원이라 서서 가게 되었는데 아무리 기다려도 기차는 움직이지 않는 것 같았다.

"이모, 기차가 왜 안가능겨?"

"아까부터 가고 있는디, 저것 좀 봐 가고 있잖어." 한다.

창밖을 보니 정말 산과 들, 집들이 휙휙 지나가고 있었는데 이 모든 것들이 너무 신기하고 재미있었다. 다 왔다고 내리자는 이모 말에 더 많이 갔으면 좋겠다고 중얼거리며 따라 내렸다. 걸어서 한참을 가다가 어느 논길을 지나가게 되었는데 떡 소쿠리를 내가 이고 가겠다고 하니 이모가 미덥지 못하다면서 선뜻 주지 않았다. 그러나 나는 끈질기게 졸라서 떡 소쿠리를 머리에 이고 출랑대며 걸었다. 그런데 얼마를 가다가 그만 구루터기에 걸려 넘어지고 말았고 인절미는 논바닥에 패대기쳐져서 나뒹굴었다. 새 사돈에게 이바지로 해가는 귀한 떡을 논바닥에 내동댕이쳤으니 이모의 난감함은 말이 아니었을 것이다. 다행히 논에는 볏짚이 깔려 있어서 흙은 묻지 않았던 것으로 기억이 되는데, 그 떡을 어떻게 했는지는 지금도 알지 못한다.

육중한 쇳덩이가 부르르 떨고는 서서히 달리는 기차를 나는 처음 보았다. 커다란 기적소리 후에 심호흡을 한 기차가 속력을 내기 시작하자 레일의 이음새에 부딪히는 소리가 차츰 빨라지면 내 숨결도 빨라지는 것 같았다.

옛날 완행열차는 아침저녁 학생들의 통학차이기도 했다. 나도 편물학원을 다니기 위해 온양에서 천안까지 기차로 통학했다. 우리 모두 환상의 무지개이기도 했던 그 시절 기차의 낭만은 지금도 잊을 수가 없다.

지금은 완행열차가 세월의 뒤안길에 사라지고, 고속버스나 특급열차를 이용할 수밖에 없는 실정이지만 기차만 생각하면 지난날 완행열차의 정겨움이 늘 그립다. 우리의 꿈과 낭만을 싣고 달렸던 그때의 그 기차는 반백이 된 지금도 생각만 해도 어린 날처럼 마음이 설렌다.

글공부

내 가슴에는 문학이라는 씨앗이 숨 쉬고 있다. 농부가 이른 봄에 논밭에 씨를 뿌려 지극정성으로 가꾸어 가을이면 황금 들녘에서 알곡을 거두듯이 수필을 쓸 때마다 농부의 마음으로 쓴다.

나는 농부의 딸로 태어나 흙냄새를 맡으며 성장했다. 어린 나이인 초등학교 등하굣길에서도 친구들과 수다떨며 노는 시간에도 피부로 느껴지는 것들이 있었다. 봄이면 산과 들에 개나리, 진달래가 지천으로 피고 여름이면 콩꽃이며 감자나 가지, 옥수수, 오이, 벼꽃도 핀다. 이렇게 작고 미미한 꽃들이지만 내 마음을 사로잡기에 부족함이 없다. 예쁜 꽃들이 여름내 열매를 맺고 가을이면 알알이 영글어 알곡으로 추수하게 되는데 이런 농촌의 풍경을 보고 자란 것이 축복이라 생각한다. 푸른 하늘의 구름처럼 지나간 세월의 흔적인 내 삶의 여정을 문학의 힘을 빌어 수필이라는 장르로 실타래 풀 듯 속 시원히 풀고 싶다.

이 자리에 오기까지 문학을 하게 된 동기를 부여해 주신 옛 선생님을 잠시 생각해 본다. 초등학교 5학년 때의 일이다. 국어 시간에 선생님께서는 「단풍」 이란 제목을 주시면서 즉석에서 시 한 편씩을 써보라고 하셨다. 얼마 후 오 십여 명의 학생들이 써낸 시가 수북이 쌓였는데 그중에서 한 편의 시를 들고 나가시더니 칠판에 대문짝만하게 써 놓으시곤 잘 썼다고 칭찬하셨다. 그게 바로 내가 지은 시였다.

물한성 옛 성터에
빨간 단풍잎

지나는 바람결에
고개가 사알랑

살포시 미소 지으면
나도야 따라 웃겠네

– 자작시 「단풍」

그 후로 글쓰기를 좋아하게 되어서 지금까지 일기를 쓰고 있다. 이것을 밑천 삼아 수필을 쓰려는데 마음먹은 대로 잘되지 않는다. 수필을 쓴다고 하면서 날마다 헤매고 자신을 향한 우물 파기만을 반복하고 있다. 들여다보면 볼수록 새 물이 아닌 흙탕물만 보일 뿐이다. 수필은 작가의 샘물처럼 맑고 투명한 마음으로 쓰는 글이기에 나는 이런 샘물과 같은 글을 쓰고 싶어서 날마다 우물을 판다.

보통 사람들은 책에서 길을 묻지만 나는 H 교수님께 문학의 길을 묻는다. H 교수님을 만난 것은 행운이다. 교수님의 강의를 들으며 이제 내가 가야 할 마지막 승선의 길이 무엇인지를 생각한다. 어려서 받은 격려가 문학의 길로 가게 된 동기였다면 칭찬 대신에 교수님의 매를 맞는 것이 나를 키워나가는 영양분이라고 생각한다. 내 작품에 대한 비판이 약이 되고 채찍이 되어 나를 영글게 할 것이다. 문학에 대한 내 고질적인 상사병을 치료해 주시는 명의, H 교수님을 만나지 못했다면 늦은 나이에 이 길을 갈 수 있었을까? '스승의 그림자도 밟지 않는다.' 란 말은 H 교수님을 두고 한 말인 것 같다.

손녀

이번 추석엔 손녀의 재롱에 혼을 다 빼앗겼다. 나는 아들만 셋을 두었는데 모두 결혼해서 각자 본분을 다하고 있다. 남편이 삼대독자라 아들을 꼭 낳아야겠다는 부담이 있었는데 다행히 아들 둘을 낳았고, 셋째로는 딸을 원했지만 마음대로 되지 않아 아들만 셋을 두게 되었다. 장손자까지 남자만 다섯 명이 드나드는 집에 작년 4월, 19년 만에 손녀가 태어났다. 둘째 아들이 안겨준 천사 같은 아기다. 시커먼 남자들뿐이라 찬 공기만 감돌던 집안에 손녀는 우리 집의 보물이 되었다. 둘째네는 20분 거리의 근동에 살고 있어서 한집에 사는 것처럼 자주 왕래한다.

이제 17개월 된 아기가 우리 집에 와서 재롱을 피우면 온 집안은 달디단 향기로 웃음꽃이 만발한다. 언제 어디서든 음악이 흘러나오기만 하면 기저귀를 찬 엉덩이를 씰룩쌜룩 웨이

브까지 넣어가면서 버들강아지처럼 우쭐우쭐 춤을 춘다. 이 순간을 놓칠세라 온 가족은 아기의 눈높이에 맞춰 너도나도 손녀의 포로(청중)가 된다.

아기는 활짝 핀 장미꽃처럼 얼굴에 미소 지으며 더욱 신이 나서 폴짝폴짝 뛰기까지 한다. 천진난만한 아기의 모습을 보면 새하얀 눈이 소복이 내린 아침에 맑은 햇살을 보는 듯하다. 꽃 중의 꽃은 인 꽃이란 말처럼 시들지 않고 밤에도 지지 않는 늘 웃음만 주는 꽃이다. 아직 말은 못하지만 몸짓과 손짓으로 하고 싶은 말을 다 한다. 사슴 같은 눈망울로 쳐다보고 깔깔깔 웃으며 두 팔 벌려 내게 안기는 일로 바쁘다.

하루하루 달라 보이는 아기의 빠른 성장이 놀랍고 신기하기만 하다. 손녀를 가만히 보고 있으면 겨울 추위로 꽁꽁 언 우리 가족의 마음이 다 녹는 것 같다. 환하고 따뜻한 웃음이 세상을 다 덮고도 남을 미소다. 우리 아들의 모습을 꼬옥 닮은 아기가 순둥이로 잘 자란다. 어쩌다 잠투정하느라 울거나 보채기를 해도 예쁘기만 하니 '손녀 바보'가 맞는 것 같다. 꽃잎 같이 생긴 입술을 꼭 다물고 쌔근쌔근 자는 모습을 보면 천사가 따로 없다. 이렇게 자면서 찡그리는 얼굴도 곱고 예쁘게만 보이니 어쩌랴!

자다가 칭얼칭얼 보채면 등을 토닥이며 자장가를 불러준다. 자장가는 뭐가 좋을까 생각하기도 전에 「잘자라 우리아가」가 금방 튀어나와 웅얼거리면 곧 잠이 든다.

잘자라 우리아가 앞뜰과 뒷동산에
새들도 아가양도 다들 자는데
달님은 영창으로 은구슬 금구슬을
보내는 이한밤 잘자라 우리아가

추석날 아침에는 차례를 지내는데 옆에서 물끄러미 바라보던 아기가 호기심이 발동했는지 저도 반은 쓰러지면서 배를 쭉 깔고 엉터리 절을 두 번이나 한다. 생후 8개월부터 걸음마를 시작한 손녀가 이제는 깡총깡총 토끼처럼 뛰어다닌다. 온 집안 살림살이는 전부 손녀의 장난감이다. 아기도 서서히 커가면서 수 많은 사물들의 이름과 용도에 대해서 알아가겠지! 아기가 없을 땐 명절을 어떻게 보냈을까? 그동안 찬물을 끼얹은 것 같이 썰렁한 명절이었다며 식구들은 한마디씩 하고는 또 아기를 보며 환하게 웃는다. 손녀 때문에 올 추석은 최고의 명절이 되었다. 우리 가족을 이리도 기쁘게 해 주니 '아가야, 고맙다.'

'아가야, 잘 먹고 잘 자고 건강하게 잘 자라서 나라의 큰 일꾼이 되거라.'

손녀를 떠올리면

아랫목에 깔아 놓은 솜이불처럼

나는 금새 따뜻해지고

파도 소리가 들려 오네

손녀는 출렁출렁

웃음꽃은 반짝이는 별이 되네

– 자작시 「손녀의 웃음꽃」

열무김치

재래시장에서 어린 열무 두 상자를 샀다. 야채가게 할머니는 언제봐도 활짝 웃으며 친절하게 대해주시곤 한다. 나는 열무를 사는데 무척 까다로운 편이다. 맛있는 요리를 만들기 위해서는 솜씨도 있어야 하지만 우선 재료가 좋아야 한다. 열무가 너무 크거나 억세지 않으며 기장은 한 뼘 크기로 어리고 풋풋한 것으로 고른다.

열무를 깨끗이 다듬어 씻어놓고 물이 빠지는 동안 양념을 준비한다. 디포리, 멸치, 북어대가리, 말린 양파껍질, 무, 다시마 등으로 육수를 끓여 식힌 후 밀가루 풀을 멀겋게 쑤어 식게 놔두고 배, 사과, 양파, 무, 마늘, 홍고추 등으로 적당량의 비율을 맞춰 믹서에 갈아 망사 자루에 넣고 두세 번 물을 갈아가며 치대어 국물을 만들어 놓는다. 어린 열무는 절이지 않고 바로 담그면 되는데 그 맛은 세상 어디에도 비할 수 없는 최고의 맛이다.

그 국물에 육수와 풀을 넣은 뒤 당근을 채로 썰고 족파도 숭덩숭덩 썰어 청양고추를 반으로 쪼개어 넣고 멸치 액과 굵은 소금으로 간을 맞춘다. 김치통에 씻어놓은 열무를 켜켜이 넣으면서 양념 국물을 붓는다. 식수를 자작자작하게 부으며 간을 맞추면 열무가 절여지면서 국물이 생기고 물김치가 완성된다. 겉으로 보기엔 양념이 표가 안 나지만 아무도 모르게 갖은 양념이 다 들어가 있다. 김치를 적당히 익혀서 시원하게 먹으면 제철 음식으로 최고의 열무물김치가 된다.

내가 담그는 김치는 식당 김치와는 다른 개운함과 시원함이 있다. 식당에서 먹는 열무김치는 먹을 때는 그 맛이 입에 착 달라붙어 맛있게 느껴지지만 뒷맛은 아무래도 개운치가 않다.

세 아들 집에 김치가 떨어지지 않도록 담가 주다 보니 한 달에 서너 번씩 담글 때도 있다. 자식들이 열무 물김치가 환상적이라며 잘 먹으니 여름 내내 열무김치 담그기 바쁘다. 자식들이 맛있게 잘 먹는다는 말만 들어도 입가에 저절로 미소가 지어진다.

재료의 배합을 겉으론 모르도록 하면서 열무김치를 담그는 것과 무기교가 기교인 수필을 쓰는 것은 비슷하다는 생각이 든다. 수필에는 작법이 없다지만 그것은 형식이 없다는 것이 아니라 형식이 없는 것처럼 보인다는 뜻이다. '수필은 붓 가는 대로 쓰는 글이다.' 라는 표현은 김광섭의 「수필 문학 소고」 라는 글에서 비롯된 말이다. 풍부한 어휘력과 다양한 사고력, 정확한 독해력 등이 있다. 어떤 경험에서 얻은 기억의 잔상들을 상상의 힘으로 재구성하여 생명체가 되는 작업이다. 수필은 향기롭게 쓰되 과하지 않고, 조용하고 아름답게 쓰되 천박하지 않은, 이것이 바로 수필이다. 또한 수필은 그렇게 치열하게 달릴 필요 없이 마치 고궁 뜰을 거니는 왕비나 궁녀들의 품위 있는 산책으로 비유할 수 있겠다.

열무김치의 양념이 보이지 않고 속으로 감춰졌지만 그 독특한 맛을 내는 것이 수필 쓰기와 같은 것처럼 수필은 마음속에 스며있는 정서를 표현하는 글이다. 자유로운 형식의 글인 동시에 유유자적하게 산책하는 멋스러운 글이다.

언젠가 친구가 우리 열무 물김치를 먹어 본 적이 있었다. 그 맛을 내보겠다며 나를 따라 시장에 가서 열무와 양념재료까지 나와 똑같이 샀다. 그리고 김치 담그는 방법과 순서까지 나처럼 했는데 왜 그 맛이 나지 않느냐는 말을 했었다. 그러나 김치의 맛은 양념의 비율 맞추기와 입맛, 솜씨, 취향이 개인마다 다르기에 당연한 일이라는 생각이다. 같은 맛이 아니라도 자기 입에 맞고 맛만 좋으면 되는 게 아니겠는가!

제철 음식으로는 유산균이 풍부하며 입맛을 돋구는 열무

물김치를 능가할 인기 반찬은 없는 듯하다. 나는 어려서부터 이 나이가 되도록 여름이 되면 열무김치로 미각을 되살리곤 한다. 마치 내가 수필 쓰는 재미를 버리지 못하는 것처럼.

빈자리

남편의 2주년 기일이다. 조상들의 제사를 52년째 지내는 건 당연한 연례행사였지만 남편의 제사까지 지내리라고는 상상도 못 했다. 그이는 생전에 조상들의 제사를 지극정성으로 모셨다. 우리가 여태껏 편안하게 잘 사는 건 모두 조상님의 보살핌이라고 입버릇처럼 말하면서….

우리가 부부의 연을 맺어 50년을 넘게 살면서 자주 하던 이야기가 있다. 너무 오래 살면서 자식들에게 짐이 되지 않을 정도로 건강하게 우리나라 평균수명 정도만 살다가 떠났으면 좋겠다고. 떠날 때는 부부가 앞서거니 뒤서거니 하며 함께 갔으면 좋겠다고 했다.

그러나 그이는 우리나라 평균수명 만큼도 못살고, 병석에서 퇴색해진 낙엽처럼 삶의 끈을 일찍이 놓았다. 긴 세월을 같이 살면서 왜 흐린 날이 없었으랴, 그러나 내 머릿속에는 흐린 날보다 맑은 날이 더 많았던 것 같다. 그가 하늘나라로 간 뒤로는 흐렸던 날은 자취를 감추고 맑았던 날만 뇌리에서 맴돈다. 남편의 빈자리가 이렇게 클 줄을 예전엔 미처 몰랐다. 내 생활은 삶에 대한 의욕도 없어지고 누군가를 위해서 가꾸고 준비하는 일상생활이 모두 정지된 듯하다. 함께 있을 때는 몰랐던 그이의 빈자리가 뼛속 깊이 한기로 남는 것 같다. 내 곁에 누군가가 있다는 그 자체가 충분한 행복이었음을 이제야 깨닫게 되었다.

다행스러운 건 세 아들과 며느리들이 교대로 드나들며 챙겨주고 관심 가져주니 많은 위로가 되기도 하고 늘 고맙다는 생각이 든다. 근동에 사는 둘째 아들네 네 식구는 매일 와서 살피다시피 했다. 어린 두 손녀가 어린이집에 가는 시간을 제외하고는 늘 내 곁에 와서 재롱을 부리니 외롭거나 쓸쓸해 할 여지가 없었다. 시간이 약이라고 이제는 일상생활에 적응이 되어가는 듯하다.

남편은 가난한 집에 삼대독자로 태어나 비빌 언덕도 없이 고생을 참 많이도 했다. 시아버님께서는 6·25전쟁 때 동네 이장을 보시다 인민군들에 의해 희생당하셨다. 그때 그이의 나이는 여덟 살, 갓 낳은 여동생과 홀어머니를 모시고 세 식구가 살았다.

인정 많고 자상하기까지 해서 주변에 늘 사람들이 많았으며, 나도 백 점 만점에 구십 점짜리 남편이라는 말을 입버릇처럼 자주 했다. 그이는 애주가로 술을 많이 마시는 것은 물론 그 좌석의 분위기를 더 좋아했던 사람이다.

"그동안 당신이 마신 술은 한강 물보다 많을 거예요."

"맞아요. 아마 다 모으면 그 정도는 되겠지."

본인도 고개를 끄덕이며 웃을 정도니 백 점을 못 받는 건 당연한 일이다.

12년 전에 시어머님께서는 낙상으로 인하여 고관절의 골절로 인공관절 수술까지 받았지만 89세를 일기로 세상을 떠나셨다. 효심이 지극한 남편은 자기 잘못으로 어머님이 돌아가셨다고 괴로워하더니 불면증에 시달리기 시작했다.

우울증에 치매까지 겹친 남편은 고장난 라디오처럼 분노가 이어졌다 끊어졌다를 반복하면서 가끔씩 낯설게 보이기까지 했다. 오륙 년 전부터는 지병이던 당뇨와 함께 파킨슨과 섬망이란 병까지 동반하여 아예 자기 정체성까지 잃어갔다.

증세가 점점 악화되더니 일곱 살 지능의 아이가 되었다가 다시 세 살 영아가 되면서 병원을 내 집 드나들 듯했다. 파킨슨병으로 몸이 점점 굳어져 나무토막 같은 사람을 추스르다가 둘이 한 덩어리로 쓰러진 적도 한두 번이 아니었다. 지병인 당뇨로 저혈당이 오면 골든타임을 놓치지 않으려고 초콜릿이나 꿀물로 응급처치를 하기도 여러 번 했다.

내가 육체적 정신적으로 한없이 피폐해져 지쳐있을 때 자식들은 물론, 동기간들이 관심 가져주고 위로와 격려를 해주는 것이 큰 힘이 되어 버틸 수 있었던 것 같다.

이렇게 병마와 싸우면서도 그의 얼굴은 잘 익은 복숭아색 같았다. 얼굴만 보면 금방이라도 자리를 털고 일어날 것 같은 기대에 희망의 끈을 놓지 않았다. 그이는 입 퇴원을 반복했는데 의사나 자식들, 주위 사람들은 보호자까지 병난다고 요양병원으로 모시라고 성화다. 그러나 나는 마음에 동요가 조금도 일지 않았다. 남편을 남의 손에 맡긴다는 게 내키지 않았을 뿐더러 나중에라도 후회되지 않도록 최선을 다하고 싶었다. 이렇게 그이는 내 품에서 평온히 눈을 감았다.

백세시대에 나이 팔십이면 한창 인생을 즐기며 살 때인데 평생 고생만 하다가 끝을 마감한 그이가 너무 가엾다. 지금도 내 가슴 속에는 남편의 빈자리가 너무 커서인지 그이에게 의지하는 마음 여전하다.

초등학교 동창회

초등학교 동문회가 있는 날이다. 초등학교 하면 마음 한 구석에 아련히 젖어 오는 그리움이 있다. 매년 8월 15일은 충남 아산 현충사를 이웃으로 한 송곡초등학교 동창회 모임이자 축구대회가 열리는 날이다. 어린 시절의 많은 추억이 묻어있는 학교이지만 지금은 장소도 이전하고 현대적인 큰 규모로 발전해 있어서 나의 모교라는 생각에 거리감이 느껴진다.

서울에서 남녀 14명(남자 8명 여자 6명)이 만나 기차를 타고 나란히 앉아 추억을 더듬으며 즐기다 보니 어느새 온양온천역에 도착했다. 그곳에는 고향 동창들이 차를 가지고 마중 나와 있었다. 모교에 도착하니 동문 축구 시합이 한창이었다. 그곳에서 만난 8회 동창 30여 명은 이산가족이라도 만난 듯 서로 얼싸안고 함박웃음을 웃는다.

"친구는 어째 늙지도 않고 그대로야?"

"맞아, 옛 모습 그대로인데."

나를 보며 옆에 있던 남자 동창 한 사람이 은발을 휘날리며 맞장구친다. 시들어 가는 호박꽃에 눈 맞추며 하는 말이 새빨간 거짓인 줄 알면서도 기분 좋게 들리는 건 웬일일까!

초등학교란 엄마의 품속같이 아늑한 곳이었다. 우리는 문명에 때 묻지 않고 우직하지만 예의 바르고 순수하게 자랐다.

나는 퀴퀴한 두엄 냄새를 향기로 알고 옹기종기 모여 사는 초가지붕 아래에서 농부의 딸로 태어나 초등학교에 입학하여 남학생 30명 여학생 20명이 한 교실에서 6년간 공부하고 졸업했다.

요즘 세대는 유치원 동창이라고 우길지 모르지만, 우리 때는 유치원이 있는 곳은 서울이나 부산의 몇 군데 정도로 가뭄에 콩나듯 보기 드물었다. 상급학교 진학도 어려웠던 시절이라 초등학교 동창을 제일로 꼽았다. 그래서인지 동창생들 모두의 가슴속에는 항상 그리움의 대상으로 남는다.

그 시절(1950년대)엔 유년기를 보낸 사람치고 가난을 경험하지 않은 이는 거의 없을 것이다. 누런 양은 도시락에 꽁보리밥, 반찬이래야 고추장이나 장아찌가 전부였다. 그런 도시락도 싸오지 못하는 아이들도 있었다. 공책이래야 얇은 마분지를 잘라 엮어 만들어 쓰고 손가락 마디만큼 짧아진 연필심에 침을 묻혀 글을 쓰며 공부하던 일 등이 파노라마로 떠올려진다. 학교 앞 냇가로 가서 고운 모래로 이를 닦기도 했다, 체육시간에 때 검사를 받다가 선생님한테 맞던 얘기, 머리카락이나 옷 위로 이가 슬슬 기어다녀 이 사냥을 하기도 했다는 얘기 등 시간 가는 줄을 몰랐다.

여학생들은 수업이 끝나고 노는 시간에는 서로 편을 갈라 고무줄넘기와 공기놀이를 했는데 반에서 유난히 개구쟁이였던 몇몇 남학생들은 고무줄 끊어가기, 공깃돌 뺏어 가기로 어지간히 여학생들을 귀찮게 굴기도 했던 잊지 못할 추억들이 주마등처럼 풀려 나와 대화의 꽃은 끝이 없었다.

지금은 지천으로 남아도는 먹거리와 옷가지들을 어려운 이웃 나라에 나누어 주기도 한다. 이렇게 좋은 세상에 살고 있지만 누구는 당뇨 때문에, 누구는 고혈압 때문에 마음대로 음식을 먹을 수 없다고 손을 들어 가로젓는 걸 보면 안타깝다. 그리고 이 세상을 하직했거나 소식을 모르는 친구들 수도 자꾸 늘어가고 있다.

이날이 되면 남자들의 인원에 비해 몇 명 안 되는 여자들은 일일 왕비의 극진한 대접을 받으며 최상의 행복을 누리는 하루가 된다. 지금도 동기생들을 만나면 이성 간의 감정은 찾아볼 수 없고 정말 순수한 동심으로 돌아가 영혼을 맑게 하는 기분이다. 또한 남녀 서로 애경사를 챙기고 함께하는 돈독한 정을 나누기도 한다. 아무런 근심 걱정도 없고 즐거운 추억만 있던 그 시절로 다시 돌아갈 수 있다면 얼마나 좋을까!

세월은 강물처럼 흘러 해맑았던 우리의 동심은 점점 희미해져 간다. 오랜 세월을 살아오면서 얼굴에는 연륜의 나이테가 늘어가고 희끗희끗한 머리가 고난의 세월을 살아온 증표로 늘었다. 얼마 남지 않은 생애에 좀 더 자주 만날 것을 기약하며 아쉬움을 뒤로 하고 우리는 손을 흔들면서 헤어져야 했다.

그리운 금강산

우리 부부는 내 회갑 기념으로 금강산 가을 여행을 했다. '임시 남북관리연락사무소'에서 모든 절차를 끝낸 뒤 40여 명을 태운 버스는 북으로 북으로 달리기 시작했다. 철새들이 넘나드는 비무장지대, 군사분계선을 넘어가다 보니 철조망이 보인다. 관광을 목적으로 민간인인 우리가 휴전선을 넘고 있다니 가슴이 벅차오른다. 동토凍土의 땅이 변하여 완전한 딴 세상으로 펼쳐져 보이는 듯하다. 비무장지대에서 북한 인민군이 두 대의 차로 북한까지 안내해 주었다.

흙먼지 날리는 비포장도로, 산은 모두 잡풀들만이 우거져 뻘겋게 살을 드러낸 민둥산을 애처롭게 에워싸고 있다. 고개를 들어 먼 곳을 바라보니 마을이 보였다. 도로 양옆으로 금천리, 온정리, 운곡리, 양지마을 등 약 15개의 마을이 옹기종기 모여 있었다.

대문도 없이 담장만 있는 집들이 마치 축사를 방불케 하는 민가였다. 일제 강점기에 일본인들이 지은 집들이라는데 집 구조가 하나같이 똑같다. 들녘의 전봇대는 우리 남한에서 5, 60년대에나 볼 수 있었던 나무로 만든 전봇대 모양과 흡사했다.

논둑, 밭둑, 개천, 길가 어디를 봐도 인민군이 한 명씩 부동자세로 서 있는데, 마치 영혼 없는 허수아비가 서 있는 것 같은 모습을 하고 있다. 이들은 우리가 지나가고 나면 모두 철수한다고 한다. 한참을 달리던 버스가 정차하니 두 명의 인민군이 들어와 거수경례를 하고 매서운 눈초리로 검문하는데 우리를 경직하게 했다. 키도 작고 몸집도 왜소한데 일거수일투족이 하나같이 절도 있고 용감하며 씩씩했다.

들녘을 보면 모두 굶주리고 살 것만 같은데, 정신적으로 집중해서 일하고 행동하는 이 사람들은 의외로 소식가들이라고 한다. 적당히 배가 고파야 투지가 용솟음친다는 말이 일리가 있는 듯하다.

고성군 온정리의 아침 하늘은 쾌청하고 맑았다. 우리 내외는 아침 식사를 하고 비로봉 아래 있는 구룡폭포로 향했다. 구룡폭포로 가는 길목에는 북측 민간인들이 군데군데 감시원으로 서 있었다. 그들을 '금강산 유원지 환경보호 순찰대원'이라고 한다. 금강문을 지나 옥류동, 연주암, 비봉폭포, 구룡폭포로 가는 동안의 비경은 가히 짐작이 가고도 남는 그 이상의 장관이었다.

금강산은 비로봉(1,639m)을 주봉으로 1만 2천 봉이라 불리우 듯 많은 산봉우리들과 천태만상의 기암절벽, 깊은 계곡들의 폭포와 물줄기가 하얀 이를 드러내놓고 웃고 있는 듯하다. 금강산은 참으로 조선의 명산인 동시에 세계적인 명산이기도 하다.

신계천을 지나 돌배밭을 거치는 동안 곧게 쭉쭉 뻗은 소나무들을 볼 수 있었다. '미인송'이라 부르는 그 소나무는 한 그루에 수천만 원을 호가한다고 하는데, 역대 왕들의 관으로까지 사용했다는 귀한 나무라고 한다. 그리고 '돌배'란 "하나 먹고 맛을 알고, 두 개 먹고 배부르다."라는 말이 있다고 하는데 내 어린 시절 배고픔을 달래며 시골 마을의 뒷산에서 많이 따먹던 그 맛이 지금도 느껴질는지 한번 먹어보고 싶었다.

이 아름다운 산에서 우리는 상상할 수도 없는 안타까운 모습들이 눈에 띄었는데, 수직으로 세워진 평평한 바위 위에, 북측에서 숭배하는 사람의 이름을 붉은 글씨로 곳곳에 새겨놓아 아름다운 자연을 많이 훼손시키고 있었다는 것이다. 그 글씨를 보고 손가락질을 하거나 땅에 침을 뱉는 사람이 없나 감시하는 사람들도 있었다. 이 감시원들에게 걸리면 30 달러의 벌금을 내야 한단다. 금강산은 금강산이란 이름 이외에도 네 가지의 이름을 더 가지고 있다고 하는데 봄에는 금강산, 여름에는 봉래산, 가을에는 풍악산, 겨울에는 개골산과 설봉산이라고도 한다.

점심은 구룡산 입구에 있는 목련관에서 비빔밥을 먹었다. 비빔밥은 육수를 넣어 비비는 것 빼고는 남측과 똑같아서 우리의 입맛에 잘 맞아 먹기가 좋았다.

목련꽃은 북한의 꽃이라 한다. 목련木蓮은 봄소식을 알리는 꽃이라 영춘화迎春化라고도 불린다. 목련관은 25년의 역사를 갖고 있으며 외국인들을 상대로 영업을 하던 식당이었는데, 지금은 남측 관광객들이 거의 독점하고 있다고 한다. 북측의 남자 안내원이 친절하게 설명해 주는데 우리와 같은 정 많고 다정다감한 한겨레 한 민족임을 다시 한번 실감할 수 있었다.

남편은 내가 안내원에게 말을 걸려고 하니 옆구리를 쿡 찌른다. 혹여 그들에게 말을 하다가 귀찮은 일이라도 생길까봐 그냥 가자고 하지만 "설명 고맙습니다. 안녕히 계세요." 하니 그는 빙그레 웃으며 "밥은 맛있게 드셨습네까? 통일되기 전에 또 오시라요."한다.

사계절 중 가장 아름답다는 가을의 금강산을 뒤로하고 오는데 '다시 만나요.'라는 노래가 확성기에서 은은하게 울려 퍼진다. 우리가 그곳에 도착한 날은 "동포 여러분, 형제 여러분 이렇게 만나니 반갑습니다."라는 여자 인민 가수의 꾀꼬리 같은 목소리가 경쾌하게 흘러나와 우리를 반겨주기도 했다.

아무리 보아도 낯설지 않은 산하山河요, 보고 또 보아도 정이 가는 얼굴들이다. 언제쯤 자유롭게 왕래하며 이야기꽃을 피울 수 있을지! 서울과 평양 사이는 자동차 길로 3시간도 채 걸리지 않는 거리이건만 우리들 관념의 거리로는 이 지구상에서 가장 먼 곳으로 각인되어 있다. 남한의 기술과 자본, 북한의 지하자원과 노동력이 결합하면 우리 민족이 크게 발전할 수 있을텐데…. 하루빨리 남북통일이 되어 하나가 되고 서로 즐겁게 왕래할 수 있으면 얼마나 좋을까? 상상만 해도 가슴이 벅차고 뿌듯하다.

제5부

세월은 못 이겨

샘물 인심

내 고향에는 바가지로 퍼 쓰는 샘이 있었다. 20여 가구의 마을 사람들이 두부나 도토리묵 장사로 삶을 연명해 나가던 시절이었다. 어른들이 샘터에 둘러앉아 목화솜 같은 거품을 내가면서 비비고 방망이로 두드리며 빨래하는 모습이 부러웠다. 나는 고사리 같은 손으로 부엌에서 솥 바가지에 행주 하나 담고 빨래방망이를 휘두르며 쫄래쫄래 샘터로 갔다.

찰랑찰랑 넘치는 샘물 위에는 소금쟁이와 물방개가 자유롭게 춤을 추며 놀고 있었다. '행주 빨래는 나 몰라라' 내던지고 놈들을 바가지로 건지려고 이리저리 쫓아다니느라 정신이 없었다. 그러나 소금쟁이와 물방개는 비호같이 도망쳐 한 마리도 잡지 못했다. 그렇게 허둥대다가 그만 샘물에 '풍덩' 빠지고 말았다. 마침 그곳을 지나가던 행자 엄마가 푸푸거리며 허우적거리는 나를 발견하곤 재빠르게 건져주었다.

두 무릎이 깨져 피를 줄줄 흘리면서 건져주신 그분은 내 친구 엄마다. 행자 엄마의 키는 건장한 남자 같은 모습이다. 그분은 체격만큼이나 기운도 좋았다. 청년들이 못하는 일도 척척 해내는 여장부였다. 마음은 비단결 같았다. 불쌍한 사람을 보면 언제나 따뜻한 손을 내밀어 주는 분이었다. 그런 풍채를 가졌기에 여자의 몸으로 나를 무난히 구해 줄 수 있었을 게다. 행자네와 우리 집은 울타리 하나를 사이에 두고 있었다. 감자나 고구마를 쪄도 울타리 너머로 넘겨주며 서로 나눠 먹었다.

마을에서 우리 두 집이 두부 장사를 많이 해서 샘물을 제일 많이 퍼 썼을 것이다. 이 샘물은 겨울 아침이면 김이 모락모락 피어올랐다. 그리고 여름에는 손이 시리도록 차가웠다. 샘 모양은 돌을 사각으로 쌓아 우물 정井자 모양으로 반듯했다. 샘의 깊이는 어른 키 두 길을 훌쩍 넘을 정도로 깊었다.

그 시절, 이 십여 가구의 온 동네가 두부나 도토리묵 장사로 삶을 연명해 나가느라 샘물을 아무리 퍼 날랐어도 마를 줄을 몰랐다. 여러 집이 한꺼번에 많이 퍼가면 푹 줄어든 물이 금방 가득 채워질 정도로 펑펑 솟아나는 샘물이었다.

해마다 명절 대보름이면 동네 남자들이 총출동하여 풍물을 치며 용왕제를 지내기도 했다. 이렇게 매해 정성껏 용왕제를 지낸 덕으로 내가 물에 빠졌을 때도 아무 상처 없이 무사히 구해졌나 보다.

또한 마을 앞을 지나는 길손들의 갈증을 풀어주기도 했는데 "거 참 물맛 한번 좋다!" 하면서 물맛이 좋다고 감탄하기도 했다. 이렇게 온 동네의 식수를 제공하는 생명수로 언제나 철철 넘쳐흐르던 바가지 샘물이었다. 땅속에서 솟아나는 자연의 좋은 물은 성인병을 예방하고 젊음을 유지해주는 희한한 효력을 지니고 있다고 한다.

또한 마을 사람들이 우물가에 모여서 아무개네 경조사에 대하여 논의하기도 했다. 여인들이 모여서 노래를 부르기도 했다. 대부분 민요를 많이 부르고 복을 기원하고 걱정을 씻어내는 내용들이었다. 가락이 구슬프거나 흥겨움이 있었다.

내가 물에 빠졌던 이후 마을 사람들이 총출동하여 그 물을 두레박으로 다 퍼내고 깨끗이 청소했다. 샘은 정사각형으로 더 높이 쌓고 주변까지 시멘트로 발라서 다시는 어린이가 사고 없이 안전하게 지낼 수 있었다.

지금은 고향에 가면 그 샘물을 볼 수 없어 마음이 아프다. 샘물처럼 퍼내어도 마르지 않던 그 인심과 이웃을 형제자매처럼 지내던 그 인심이 그립다. 후덕하고 진실하던 농촌 어른들의 마음은 저 우물처럼 자취를 감추고 말것인가.

그때 친구 엄마가 아니었더라면 지금의 나는 존재하지도 못했을 것이다. 뭐니뭐니 해도 가장 아름다운 마음은 가슴속에서 우러나오는 사랑이 샘솟을 때라고 생각한다. 하늘나라에 계신 분이지만 내 생명의 은인이신 행자 엄마를 향한 샘솟는 사랑은 영원하리라.

모자帽子 사랑

내게는 스무 개의 모자가 있다. 모자 가게를 지날 때마다 참새가 방앗간을 그냥 지나가지 못하듯 나도 모르게 발길을 멈추게 된다. 모자를 선호하다 보니 어느새 스무 개나 모아졌다.

모자는 햇빛을 차단하기도 하고 멋으로 쓰기도 하는데 겨울에는 보온 역할을 해주니 모자가 없으면 무언가 허전하다. 윤기 흐르던 머릿결이 나이가 들어감에 따라 부스스하고 머리가 한 주먹씩 빠져 겨울 들판같이 썰렁하다.

외출할 때마다 이렇게 볼품없는 머리 모양을 살짝 가려주는 편리함이 있어 미용실에 가지 않아도 나름대로 멋을 부릴 수가 있다.

내 얼굴에는 모자가 잘 어울린다고 말하는 사람도 있다. 더 젊어 보이기도 한다고 칭찬 일색이니 자신감이 생겨 모자를 쓰게 되었고 이제는 습관이 되었다. 모자를 써야 안정감이 있고 편안해진다. 또한 사람의 인상착의를 달라 보이게도 하는 좋은 장신구로 활용할 수 있어 좋다.

누구나 모자를 한 번쯤은 쓰고 싶어질 때가 있을 게다. 거리를 걷다 보면 다른 사람이 쓴 모자를 살펴보게 되는데 마음에 드는 모자를 쓴 사람을 보게 되면 망설일 것도 없이 "그 모자 참 예쁘네요. 어디서 샀어요?" 하고 묻곤 한다.

모자 가게를 지날 때면 한동안 매의 눈으로 살펴보다가 기어코 하나를 쓰고 거울 앞에 선다. 이것저것 써봐도 모자가 커서 헐렁할 때가 있다. 머리가 큰 사람은 뇌가 좋다는 말도 있다. 내 머리는 모자를 살 때마다 잘 맞지 않아 애를 먹는다. 그렇다면 내 머리가 크지 않아 뇌가 나쁜 것일까?

붉은 자주색 모자를 만지작거리니 주인이 이렇게 말한다. "손님은 아직 그 모자 쓸 나이는 아닌 것 같아요. 그건 더 나이 드시면 다음에 쓰시고 지금은 이걸 쓰세요."하곤 검정 체크무늬 모자를 건네준다. 전문가가 권해서인지 역시 그 모자가 잘 어울리는 듯해서 그걸로 결정하기도 했다.

사장님이 모자 안 테두리에 테이프를 둘러 붙여주니 헐렁했던 모자가 안성맞춤이 되었다. 이렇게 모자를 관찰하고 고르는 재미도 쏠쏠하다. 덕분에 나이와 함께 시들어 가던 쇼핑의 즐거움도 되살아 난다.

언젠가 지인에게 모자를 선물한 적이 있다. 둘이 외출했다가 모자 가게에 들르게 되었다. 생각보다 값이 저렴해서 같은 색상, 같은 디자인으로 두 개 사서 하나씩 나눠 썼다. 그녀는 모자를 처음 써본다면서 거울 속 자신을 보고는 만족해했고, 우리는 나란히 팔짱을 끼고 쌍둥이 모자라고 즐거워하면서 함박웃음을 지었다.

모자를 처음 쓰는 순간에는 누가 쳐다볼까 두려웠다. 썼다 벗었다를 수 없이 반복하며 오랫동안 씨름을 하다가 겨우 내 스타일로 정하니 마음이 편했다. 요즘같이 바쁜 세상에 남들이 내게 주목하는 일도 드물 것이다. 지금은 그저 안정된 마음으로 외출할 때마다 자연스럽게 모자를 챙기게 된다. 이제는 베레모도 써보고 싶다. 지인들이 베레모를 쓴 모습을 보면 지적으로 보이기도 하고 세련되어 보여 '나도 써 볼까!' 하다가 그만두었다.

꼴불견은 남들이 만드는 것이 아니라 나 스스로 만들어 내는 졸작일 것이다. 두리번거리며 남의 눈치를 살피노라면 어느새 자신이 꼴불견이 되어 버린다.

요즘엔 코로나19로 인해 평소에 쓰던 모자에 마스크까지 착용하게 되니 눈만 빼꼼히 내놓고 다닌다. 절친이 아니면 잘 알아볼 수가 없다. 어찌 보면 모자는 바람과 햇빛뿐만 아니라 외부와의 차단 역할까지 해주었던 것 같다. 그 그늘 속 작은 편안함이 나에게 계속 모자를 쓰도록 만들어 주었는지 모른다.

"손님은 아직 그 모자 쓸 나이는 안 된 것 같아요. 그건 더 나이 드시면 쓰세요." 젊게 보는 그 말 한마디에 종일 기분이 좋았다. 모자 가게 사장님의 말 한마디가 남을 즐겁게 해줄 수 있듯이 멋있는 모자를 쓰고 멋있는 말과 행동으로 황혼을 마무리하고 싶다.

공포의 4시간

나는 베란다 유리창을 닦다가 영계(靈界)로 갈뻔했다. 소파에 앉아 고개를 돌리면 제일 먼저 거실 유리창이 보인다. 유리창엔 먼지가 얼룩얼룩 묻어있다. 유리창을 볼 때마다 내 마음에 때가 낀 것 같아서 신경이 쓰인다.

다른 창들은 가끔 닦지만 베란다 창은 위험해서 엄두를 내지 못한다. 늘 걱정만 하다가 하루는 큰마음 먹고 마포를 들고 나섰다. 창 앞뒤를 닦고 신문지로 마무리하는데 창문 네 개 중 겹쳐진 쪽을 닦기에는 좀 힘이 들었다. 베란다로 나가 문을 조금 열어놓고 왼팔을 안으로 넣어 창문을 잡고 닦다가 엉겁결에 팔을 빼는 바람에 그만 문이 닫히면서 잠기고 말았다.

손에 있어야 할 핸드폰도 없으니 어딘가에 구조요청도 할 수가 없다. 핸드폰은 안에서 신나는 노래를 들려주고 있지만 그것은 그림의 떡일 뿐이었다. 5층에서 아래를 내려다보니 고소공포증에 온몸이 자라처럼 오그라든다. 그때는 일요일 저녁이었고 거리에는 차들만 쌩쌩 달릴 뿐 지나다니는 사람도 없이 한산하다. 30여분쯤 지났을까, 지하철역에서 나오는 세 사람을 보니 구세주를 만난 듯 반가움에 도와달라고 소리쳤다. 그들은 잠시 멈칫하더니 자기들과는 무관한 소리라는 듯 그냥 길을 가로질러 가버리고 말았다. 내 목소리가 차 소리에 묻힌 모양이다. 또 시간이 얼마나 흘렀을까. 젊은 두 여자가 지나가기에 팔을 흔들며 목청껏 소리쳤다. 그들 역시 위를 보는 게 아니라 흘깃 뒤돌아보더니 '무슨 소리지?' 하는 듯 빠른 걸음으로 자기네 갈 길을 재촉했다. 요즈음 사람들은 자신의 일이 아니면 관심을 두지 않는 것 같다.

사방은 점점 어두워지고 몸은 사시나무처럼 오돌오돌 떨리기까지 했다. 낮에 일하느라 더워서 반소매를 입고 있었는데 시월 하순의 밤인데도 땀이 식으면서 추워지기 시작한 것이다. 10월 하순의 날씨는 그날따라 유난히 추웠고 공포와 두려움에 이대로 이 세상 끝날 것 같은 무서움까지 엄습해 오니 내가 나를 잃은 듯하다. 이렇게 추위와 두려움에 떨다가 그냥 남편 곁으로 가는 건 아닌지 겁에 질려 있었다. '남편을 만나는 일은 좀 더 늦추고 싶은데….'

나는 삶과 죽음이 동전의 양면과 같다는 생각이 들었다. 우리의 인사말에 "밤새 안녕하십니까?"라는 말이 있다. 밤새에 누구나 죽을 수도 있다는 이야기로 들린다. 살아 있는 것들은 반드시 죽는다. 일정한 수명을 지니고 세상에 태어난 피조물이기 때문이다. 그런데 그것이 바로 이 상황에 부닥친 나를 두고 하는 말인 것만 같았다.

그때 길가에 택시 한 대가 서더니 젊은 여자 한 사람이 내린다. 이번이 마지막 기회라고 발악하면서 소리를 질렀다. 다행히 그 여자는 금방 알아듣고 현관 비번을 묻는다. 먼 거리와 차 소리 때문에 한참 실랑이하다가 겨우 알아듣고 안으로 갔던 여자는 십여 분 만에 다시 나오더니 문고리가 안으로 걸려 있더라고 한다. 아차! 전날 밤에 고리를 걸어 놨던 것이 문제였다.

지인들의 전화번호를 저장만 해 놓고 사용하던 중에 그래도 다행히 가깝게 사는 둘째 아들 번호가 생각났다. 그녀에게 부탁해 연락하게 되었고 아들이 바로 119 구조요청을 했다. 소방대원들과 아들이 와서 나를 구출해 주었다. 베란다에 갇힌 지 장장 4시간만인데 40일 같은 긴 생사와의 투쟁을 마치고 보금자리로 돌아올 수가 있었다.

깊은 물에 빠졌다가 구사일생으로 살아 나온 듯 긴장이 풀리면서 몸은 여전히 떨리고 입은 바싹바싹 말라 말도 안 나온다. 아들은 두꺼운 이불을 덮어주고 따뜻한 물을 마시게 해줬다. 부모상을 당한 듯 눈물은 왜 그렇게 자꾸 나오는지 야속하기만 했다.

지나가던 행인이려니 하고 고마움에 연락처를 물으며 대화하다 보니 내 생명의 은인은 벽 하나를 사이에 둔 이웃사촌이었다. 그녀는 '한 건물에 사는 분이 춥고 어두운데 왜 베란다에 있을까!' 하고 관심을 가지게 되었다고 했다. 이사 온 지 얼마 되지 않아 아직 인사도 없었던 사이다. 이웃사촌이 아니었더라면 그때 나는 어떻게 되었을까? 생각만 해도 오싹 소름이 돋는다. 그 뒤로 우리는 한 가족처럼 자주 왕래하며 가깝게 지내고 있다. 그러기에 사람은 독불장군으로는 살 수 없으니 더불어 살기 위해 노력해야겠다.

묵은 빚

빚은 잠도 안 잔다. 눈을 동그랗게 뜨고 제 몸을 부풀린다. 이처럼 무서운 게 빚인 줄 알면서도 사람이 살면서 빚을 한 번도 지지 않은 사람은 아마 없을 것이다. 돈이란 돌고 도는 것이기에 다급한 사정에 이끌려 서로 주고받으며 살게 된다. 인연의 빚도 그런 것 같다. 빚은 졌으면 갚아야 하는 것이 인간의 도리다.

벌써 43년 전의 일이다. 둘째 아들을 거꾸로 출산했다. 정상 분만은 산파비가 3천 원이고 이 경우는 5천 원이란다. 돈을 삼천 원만 준비했다가 본의 아니게 이천 원의 외상 아닌 빚을 지게 되었다. 그 돈을 두 번이나 받으러 왔었는데 그 때마다 가난이란 놈이 내 눈에서 눈물을 빼게 했다. 가까스로 석 달 만에야 그 돈을 마련하여 갚으러 갔다. 그런데 그 곳엔 딴 사람이 살고 있었다. 어디로 이사를 했는지 이웃사람들에게 수

소문을 해봤지만 허사였다.

아들은 자라면서 잔병치레를 많이 했다. 모유와 우유를 섞여 먹였는데 먹이고 돌아서면 설사, 먹이고 돌아서면 설사를 계속해서 뼈와 가죽만 남고 눈은 화등잔 같아 이웃 사람들은 사람구실 못하겠다고 쑥덕거렸다. 중학교 때는 학교에 간다고 나간 뒤 여러 번 샛길로 빠져 부모 속을 썩이던 일 등, 모두가 산파비를 못 갚은 죄값을 받는 것만 같았다.

아들이 전역하기 전 어느 날 시장에 갔다오는 길에 횡단보도 저 쪽에서 걸어오는 그 때의 산파를 만나게 되었는데 고향 사람을 만난 듯 반가웠다. 그 분은 어느새 머리에 하얗게 서리가 내린 할머니가 되어 있었다. 강산이 두 번이나 변했으니 누구든 세월을 피할 수 있었겠는가! 그런데 그분은 안타깝게도 나를 전혀 알아보지 못했다. 나는 옛날로 거슬러 올라가 그 할머니가 빨리 기억할 수 있는 일들을 찾아 한동안 설명을 했다. 주름 잡힌 두 눈을 껌벅이며 내 얘기에 귀를 기울이고 기억을 더듬더니

"아, 알았다! 아기 아빠가 그때도 반백이었지, 거꾸리로 낳은 애기라니까 알겠네."

"맞아요, 맞아! 이제야 생각나셨군요."

"그래서, 그 아기는 많이 컸지요? 그리고 다들 편안하죠?"

마침 지갑에는 5만 원이 있었다. 그때 가치로는 부족한 금액

이었지만 그 돈을 드리니 안 받겠다고 손사래를 치신다. 서로 밀고 당기기 끝에 빚을 청산하고 돌아서니 마음이 날아갈 것만 같았다.

산파비를 갚지 못한 죄책감에 항상 마음이 편치 않았다. 연륜이 쌓이는 것은 그만큼 하나하나 빚을 덜어가면서 사는 게 아닐까! 그래서 세상살이에 짐이 덜어지고 자유로워지는 것일게다. 주변 사람에게서 받은 도움의 빚은 또 얼마나 많은가! 내가 받은 사랑의 빚은 또 얼마나 많은가. 앞으로 조금씩 조금씩 갚으며 살려 한다. 더 많이 사랑하고 베풀고 감사하면서 사는 게 답이겠기에, 그러고 보면 빚은 사람과 사람을 이어주는 인연의 고리일 수도 있겠다.

접시의 역사

우리 집엔 오래된 접시가 있다. 이 그릇은 깊은 곳에 보물처럼 간직해 온 가보로 여긴다. 흰 바탕에 남색 꽃무늬가 듬성듬성 있어 산뜻하고 멋스럽다. 하얀 바탕에 남색이 조화된 특유의 아름다움은 기술적 경지는 물론이거니와 미적으로도 우수하다. 제사 때 시금치나물, 숙주나물, 무나물 등을 한 근씩 사다 요리해 담으면 넘치지도 모자라지도 않는 맞춤 그릇이다.

문득 50년 전 신혼 때의 추억이 살며시 고개를 들고 일어선다. 그 시절엔 가난이란 불청객이 붙박이장처럼 버티고 있었지만 손님들이 문턱이 닳도록 드나들었다. 동네 사람들은 가난했어도 따뜻한 정으로 오순도순 지내며 왕래가 자주 있었다. 그러므로 손님 대접을 하기 위해 여유분의 그릇이 필요했다.

그릇 가게에 갈 형편은 안 되고 다섯 상자의 그릇을 월부로 팔아 열 달 동안 수금까지 해 준 대가로 한 상자를 얻은 보물이다. 좀 투박하긴 하지만 고향의 향수를 느끼게 한다. 친정어머니께서 어쩌다 새 그릇이 생기면 깊숙이 보관하고 아끼며 손님상에만 올려놓던 모습도 생각난다.

그 후로 부부친목회라는 모임도 셋이나 있었다. 매달 모임이 있어 돌아가며 잔치를 했는데 이 그릇은 주방의 큰 기둥 역할을 했다. 이 크고 작은 30여 개 그릇에는 어떤 음식이라도 맘 편히 담을 수 있다. 하찮다고 생각되는 음식이라도 이 접시에 담아내기만 하면 예절이나 솜씨까지도 돋보이게 한다. 이 물건은 보물 같으며 우리 생활에 없어서는 안 될 필수품이 되었다. 쓰이는 용도가 다양한 만큼 자칫 잘못하면 깨지기 쉽기에 조심해서 다루어야 한다.

뷔페 식당에는 한 접시에 여러 가지 음식을 담아 먹는데 이렇게 먹고 나면 무슨 음식을 어떤 맛으로 먹었는지 기억이 나지 않는다. 한 접시에는 한 가지 음식을 담아야 보기도 좋고 맛을 제대로 느낄 수 있다.

수 없이 이사하다 보니 묵은 접시가 이제는 열세 개만 남아서 자리를 지키고 있다. 요즘 접시처럼 얄팍하지 않고 좀 투박하긴 하지만 실금이나 이도 안 빠지고 상처도 없이 깨끗한 상태다.

나는 지금도 그릇을 사게 되면 세트로 사서 식탁을 차리고 싶다. 접시들을 세트로 장만해 질서 정연하게 정리해 놓고 필요할 때마다 하나씩 꺼내 쓰다 보면 살림 비법이 녹아 있는 듯 특유의 분위기가 느껴진다. 그렇게 해야만 식탁이 깔끔해 보이고 품격도 있어 보인다. 우리 집 그릇들은 누구나 선호하는 화려한 명품브랜드는 아니지만 그 그릇에는 우리 가족의 이야기가 스며 있다. 희로애락의 역사가 기록된 접시, 우리 집의 새하얀 접시가 바로 보물이다.

자연의 지은보은知恩報恩

우리 집에는 헤아릴 수 없을 정도로 많은 화초가 자라고 있다. 이렇게 말하면 집이 엄청 넓을 것이라고 생각할지 모르지만, 우리 집은 햇빛이 잘 드는 정남향의 아담한 집으로 그리 넓지 않다. 화초는 거실의 텔레비전을 두는 벽 쪽에 2열, 3열로 꽉꽉 들어차 있다. 자리가 마땅치 않아 햇빛이 잘 드는 자리와 햇빛이 잘 들지 않는 자리를 주기적으도 바꾸어 준다. 서재 베란다에도 자리가 부족할 정도로 꽉 들어차 있다.

화초를 키우려면 물주는 일부터 시작해서 신경 써야 할 일이 한 두가지가 아니다.화분마다 물을 주는 간격이 달라서 산세베리아, 문샤인, 알로에, 선인장, 스투키 등은 여름에는 보름에 한 번, 겨울에는 한 달에 한 번씩 준다. 행운목, 스노우사파이어, 염좌, 녹보수, 테이블 야자, 관음죽, 스파트필름, 금전수, 홍콩야자, 연화죽, 황금죽, 바퀴라, 오로라엔젤, 인도

고무나무 등은 물을 열흘에 한 번씩 주는데 이 중에 수경재배 식물인 연화죽이나 황금죽, 행운목들은 더 많은 물을 필요로 한다.

이 화초들은 이산화탄소를 흡수한 후 산소를 내 뿜는 공기 정화 식물들이다. 햇빛은 직사광선을 피하고 반양지가 좋으며 통풍이 잘 되는 곳이 좋다. 햇빛이 너무 강하면 잎이 마르기 쉬우므로 분무기로 물을 자주 줘야 한다.

화분마다 물을 주고 화분 받침에 고인 물을 빼내서 다시 주며 시든 잎이나 삐죽하게 엇나간 줄기는 잘라내고 잎의 먼지도 닦아준다. 화분을 요리조리 돌려서 빛을 잘 받도록 자리를 잡아주기도 한다. 그러다 보면 한두 시간은 예사로 지나가기 일쑤인데 마치 정성을 다해 보살펴서 건강하게 잘 자라는 자식을 보는 듯 뿌듯하다.

오랫동안 엄두를 내지 못하다가 분갈이까지 손대기 시작하는 날이면 반나절을 꼬박 보내기도 한다. 어떤 때는 한꺼번에 열댓 개의 화분을 분갈이할 때도 있는데, 이렇게 크고 작은 녀석들을 정성껏 손질해서 큰 나무는 뒤로 보내놓고 작은 화분들은 앞으로 보내어 깔끔하게 정돈해 놓으면 뿌듯한 마음에 보고 또 보고 시간 가는 줄을 모르고 쳐다보고 있게 된다. 또한 냉장고에서 잠자고 있던 맥주나 마요네즈를 행주에 묻혀 이파리를 닦아주면 기름을 바른 듯 반질반질 윤기가 흐른다.

이렇게 식물에게도 사랑을 주면 바로 그 보답을 한다. 물을 주면 시들었던 잎이 벌떡 일어나 싱싱해지고, 엇나가는 가지를 쳐주면 더 아름다운 수형樹形으로 자란다.

인간사회에서는 진심을 쏟다가도 오히려 만만하게 보여 바보 취급을 받거나 뒤통수를 맞는 경우가 종종 있는데 요즘 같이 답답한 세상에 자연을 가까이하면 이 얼마나 신기하고 기특한 일인가! 한 생명을 잘 자라게 한다는 것, 그 기쁨은 정말 겪어본 사람만이 아는 뿌듯함일 것이다.

매창을 찾아서

화창한 봄햇살이 눈부시다. 며칠 전부터 마음이 들떠있던 문학기행이다. 봄볕을 받은 연녹색 초목들이 싱그럽다. 매년 봄마다 어김없이 소생하는 저 식물들의 존재 양식은 얼마나 기특하고 미더운가. 그들의 삶과 죽음에는 질서정연한 아름다움이 있으리라!

서울 강남 고속 터미널에 도착하여 문우들을 만났다. 우리 5명은 부안행 버스에 올랐고 버스는 오전 7시에 출발했다. 부안에 도착하니 오전 11시경, 그곳에는 전라도 광주에서 온 정 선생님과 반장이 먼저 와 있었다. 전원이 참석하면 15명인데 오늘의 참석인원은 7명, 거리 관계도 있지만 주부들에게는 쉽지 않은 여행인가보다.

매창공원의 입구에 들어서니 매서운 바람이 녹색 잎들을 흔들고 있었다. 마치 매창의 정인에 대한 절절한 그리움이 다시 타올라 알알이 맺힌 듯하다. 바로 그 앞쪽으론 부안문화원 건물이 우뚝 서 있고, 그 건물을 돌아가면 매창공원이 있다. 매창공원 여기저기를 둘러봤다. 매창은 선조 6년 계유癸酉 1573년에 부안 현리縣吏 이탕종李湯從의 서녀로 태어나 경술庚戌 1610년 광해군 때 38세를 일기로 짧은 일생을 마쳤다. 그는 계생, 또는 향금이라 불렀으며 자를 천향, 아호를 매창梅窓이라 했다.

그녀는 인생을 오직 거문고와 시에 바쳤으며 학문과 예술 풍류에 두루 능했던 기녀 시인이다. 그의 타고난 시재詩才, 가금歌琴의 기예와 인품의 향방은 서울과 향촌에 두루 펼쳤으며 당대의 이름 높은 시인 묵객들의 사랑을 독차지했다고 한다. 그러나 천민 출생이고 기녀 신분인 그는 항상 외로움을 탔고 누군가를 그리워했던 비련의 시인이었다.

기녀 시인 매창의 묘소가 있는 '매창뜸'이라는 곳. 기녀라는 기구한 운명을 가진 그 삶처럼 아담하고 고즈넉한 분위기였다. '이화우 흩날릴제' '술에 취한 님께' '어수대' 등등 그녀가 지은 시의 무게처럼 듬직한 돌에 새겨진 시비가 알맞게 배치되었고 남녀 간의 사랑이기보다 시를 통하여 오랫동안 우정을 나누었던 교산 허균의 시비 '계랑의 죽음을 슬퍼하며'가 어우러져 매창의 고고한 풍모를 드러내 주었다.

공원길을 한 바퀴 돌면서 매창의 묘소에 이르러 일동 묵념을 했다. 키 작은 소나무가 매창의 묘 뒤편을 병풍처럼 감쌌고

앞면은 툭 터져 유택이 양지바른 곳에 자리해 편안해 보였다. 거문고와 함께 묻혔다는 매창의 '뜸'에서 함께 고개 숙인 그 순간, 사 백여 년을 건너뛰어 시인과 시인이 만나는 자리였다.

매창은 부안읍 남쪽에 있는 봉덕리 공동묘지에 그와 동고동락하던 거문고와 함께 묻혔다고 한다. 그 뒤 지금까지 사람들은 그곳을 '매창뜸'이라고 부른다. 그가 죽은 45년 후(1655년)에 그의 무덤 앞에 비석이 세워졌고, 그로부터 다시 13년 후에 그가 지은 시들 중 고을 사람들에 의해 전해오던 시 58편을 부안 고을 아전들이 모아 목판에 새겨 개암사에서 『매창집』을 간행하였다.

당시 세계 어느 나라에도 한 여인의 시집이 이러한 단행본으로 나온 예는 없었고, 시집이 나오자 너무 많은 사람들이 이 시집을 찍어달라고 하여 개암사의 재원이 바닥 나기도 했다고 한다. 부안 사람들은 약 5,400평의 땅을 할애하고 18억을 투자하여 매창공원에 그의 시는 물론 매창을 그리는 수많은 비를 세워 매창을 기리고 있다. 그곳을 뒤로 하고 아쉬움을 남긴 채 부안의 명소로 유명한 전북 부안군 진서면 석포리에서 북쪽으로 1,2km 거리에 있는 내소사를 찾았다. 울창한 전나무 숲으로 유명하고 사찰이 지어진지 오래 되었지만, 다른 사찰과는 달리 새로 중수한 곳이 많지 않아 약간은 빛이 바랜 듯 운치 있는 곳이다.

내소사의 여기저기를 둘러본 뒤 30번 국도를 달리니 모항 해수욕장, 상록 해수욕장을 지나 변산반도 최고의 절경 채석강을 만날 수 있었다. 채석강은 하루 두 차례 물이 빠지면 들어갈 수 있다는데 물이 빠진 퇴적암층에 붙어 있는 바다생물과 해식동굴의 신비로운 모습을 볼 수 있다고 한다. 우리는 물때가 맞지 않아 채석강에 들어가보지 못하고 아쉬움을 뒤로 한 채 발길을 돌려야만 했다.

매창에 심취하여 거니는 동안 갑자기 봄비가 추적추적 내렸다. 옷과 머리가 다 젖도록 모르고 다녔으니 나도 그녀의 시혼에 젖었었나 보다.

사우나 예찬

나는 일주일에 한 두 번씩 사우나를 즐긴다. 사우나 방에서 한 이십여 분 동안 땀을 쭉 빼고 나면 기분이 상쾌해지는 희열과 함께 행복감이 안겨 온다. 다음에는 십여 분 휴식을 취한 후 물을 끼얹고 맑은 냉탕에 들어가 온몸을 담근다. 창밖은 눈꽃 세상인데도 냉탕에선 사우나 마니아들이 동심의 세계에서 즐긴다. 물의 온도가 여름엔 시원하고 겨울엔 따듯하게 느껴질 정도로 일정하다. 그래서 사우나 마니아들은 자주 그 즐거움을 찾는다. 물속에서 두 눈을 지그시 감으면 곧 아름다운 사색의 나라로 빠져든다.

나는 그곳에 가면 모든 근심과 걱정 다 내려놓고 평안을 찾게 된다. 혹시 부정적인 생각이 들어도 고요히 가라앉히고 평화롭게 한다. 내게 그 시간은 가장 행복한 순간이며 그래서 그곳이 바로 지상 천국이라고 느껴지며 황홀함에 취하곤 한다.

열탕, 냉탕, 사우나실 등을 번갈아 드나들기를 여러 차례 반복하다 보면 가속도 붙은 내리막길을 달리는 인생의 지기들도 스스럼이 없어진다. 수다와 유머를 구사하면서 함께 웃고 즐길 수 있는 공간이 된다. 그렇게 마음껏 웃고 스트레스를 해소하다 보면 소화는 물론 혈액순환도 잘 되어 웬만한 병은 얼씬도 못한다.

보통 사우나는 뜨겁고 더운 곳으로만 알고 있지만 온냉 반복의 연속이다. 맨 처음 가열과정을 거치고, 그 다음은 땀을 나게 하고, 마지막으로 냉각과정을 거친다. 이런 가열과 냉각에 의한 효과는 보통 1주일 정도 지속된다. 그래서 사우나의 적당한 횟수는 1주일에 한두 번 정도가 좋다고 한다. 혈액순환은 물론 호흡과 맥박도 빨라지게 되어 가벼운 운동을 한 것 같은 효과를 볼 수 있다. 사우나를 하면 몸까지 가볍고 맑아지는 기쁨을 맛볼 수 있다.

사우나를 즐기다가 어느 날은 이런 일도 있었다. 사우나실에서 벌거숭이 아낙들이 콩나물시루처럼 다닥다닥 붙어 앉아 땀을 줄줄 흘리면서 수다의 꽃을 피우고 있었다. 입담 좋은 두 아줌마가 핑퐁식으로 주고받는 진한 유머에 모두들 자지러지게 웃기를 반복하다가 갑자기 썰물처럼 모두 싹 빠져나갔다. 나는 인내력을 테스트해 볼 겸 남보다 땀 한 방울이라도 더 빼서 체중을 줄여보고자 하는 욕심에 주춤거리고 있었다.

그런데 몸을 뒤로 버티며 일어서는데 무엇이 어깨에 닿는 느낌에 돌아보니 모래시계가 땅에 굴러 박살이 났다. 머리 위 창틀에 앉아있던 모래시계가 나를 지켜보다 물고 늘어질 줄이야! 현장에는 아무도 없었으니 입에 지퍼를 채울까 말까 잠시 갈등하기에 이르렀다. 시원한 답은 보이지 않고 머리만 빠개지는 듯 아팠다. 하지만 양심이 호통을 치는 바람에 카운터를 찾아가 자수하고 절반을 변상해준 일도 있었다.

옛날에는 일 년에 한두 번, 주로 명절이 돌아와야 목욕탕에 가서 묵은 때를 벗겼었는데 오늘날에는 생활이 향상되어 사우나를 즐기고 있다. 언제 어디서나 피곤하거나 우울할 때 가장 먼저 생각나는 것이 뜨거운 물 속에 들어앉아 있는 것이다. 사우나는 성인병을 예방하고 젊음을 유지해 주는 영험한 효력도 있다.

물의 힘이란 참으로 대단하다. 인간의 육체는 78%가 물이라고 한다. 물이 없으면 사람은 존재할 수 없다. 그래서 나는 종종 시간을 내어 목욕탕엘 다닌다. 촉촉하게 물기 머금어 생동감 넘치니 만사에 여유를 갖고 정서적 안정을 취할 수 있는 사우나야말로 건강관리 차원에서 으뜸이라고 여겨진다.

세월은 못 이겨

경부고속도로를 달린다. 주중이어서인지 도로는 시원스레 뚫려있다. 길을 잘못 들어선 게 아닌가 할 정도였다. 차창 문을 반쯤 열었더니 바람이 시원하다. 그러나 문을 닫으면 금방 등줄기를 타고 땀이 주르르 흐른다. 꼬리만 남은 여름의 막바지에서 더위가 기승을 부림에도 개의치 않고 길가의 코스모스는 너울너울 춤을 춘다.

15년이 지나도록 우리 가족과 애환을 같이 하며 발이 되어 왔던 애마, 이제는 모든 기능이 노화되어 매가리가 없다. 그만 쉬게 해줘야겠다는 생각에 헤어지기 아쉬운 마음을 달래려고 폐차하기 위한 이별 여행을 나선 길이었다. 그런데 이 녀석이 깊이 정든 저와 이별하려는 속내를 눈치라도 챘는지 오늘따라 승차감이 좋고 차도 잘 나간다. 남편은 이에 깜박 속아 넘어갔는지 이대로 보낼 수는 없단다. 더욱 사랑으로 다독이며 남은 세월을 함께 하겠단다.

우리는 도고 온천 한 숙소에 여장을 풀었다. '금강산도 식후경'이라고 식사부터 한 뒤에 야경을 돌아보고 온천도 할 생각이었다. 식사를 하려고 하는데 갑자기 오른쪽 어깨가 욱신거리며 쑤신다. 오십 견 같은 증상이기에 그냥 참아 볼까도 했는데 수저질도 할 수 없을 정도여서 왼손으로 우측 팔꿈치를 받쳐가며 가까스로 밥을 먹었다. 그날 밤을 뜬눈으로 새우고 상경 길에 올랐다. 침을 맞으면 금방 좋아질 것이란 생각이 들었다.

전부터 잘 아는 한의사를 찾아갔다. 진맥 결과 오십 견은 아니란다. 염증으로 오는 통증인데 침을 몇 번 맞으면 괜찮을 거라고 한다. 실 침을 어깨와 우측 발까지 몇 군데에 맞았다. 토막잠이라도 자면 좋으련만 눈을 감고 있으려니 머릿속이 온통 엉킨 실타래 같다. 과연 침으로 이렇게 심한 통증을 가라앉힐 수가 있을지, 침을 맞고 왔는데도 아픔은 여전하다. 침이란 효과가 있으려면 금방 차도가 있다는데 조금도 차도가 없다.

그날 밤도 또 뜬눈으로 밤을 새우고 다음날 정형외과로 갔다. 병원에 들어서자마자 방사선 촬영실로 안내한다. 우측 어깨를 이리저리 촬영하더니 마지막으로 팔을 들어 왼쪽 가슴쪽으로 조금씩 들어 올린다. 그런데 건드리지도 못했던 팔이 신기하게도 머리 위까지 올라간다. 하지만 촬영이 끝나고 혼자서 팔을 조금씩 내리는데 원위치까지 10분 정도 걸린 듯 싶다. 살기 위한 최후의 발악이라고 해도 과언이 아닐 것이다.

입이 저절로 떡떡 벌어지고 눈물까지 흘리면서 안간힘을 썼다. 결국 방사선사의 도움으로 일어나 그 방에서 나올 수가 있었다. 의사는 촬영 결과를 필름으로 보면서 자상하게 설명해주는데 어깨뼈에 석회질이 생긴 '석회화건염'이란다. 처음 들어보는 병명이었다. 내 눈에도 약 1㎝가량 크기의 돌 같은 게 보이는데 약물 치료하다가 안 되면 수술을 해야 한단다. '수술'이란 말에 소름이 오싹 끼쳤다. 그다음 설명은 귀에 들어오지도 않는다. 이 나이가 되도록 몸에 칼을 대본 적 없이 살아왔는데 내 어깨에 메스를 댄다고 한다.

"요즘 무리하게 일하신 적이 있나요?"

"남편과 시어머님의 생신이 중복과 말복 사이에 열흘 간격으로 있는데 주말을 이용하다 보니 연이어 일주일 동안 무리하긴 했지요."

"안타까워요. 나가서 대충 사드시지 혼자 고생하셨어요? 요즘엔 며느리들이 있어도 시어머니가 모신다면서요?"

"각각 사는데 모시고 말고 할 게 뭐 있겠어요."

"그래도 안타까워요. 아저씨와 놀러나 다니면서 여유롭게 사시지 팔이 이지경이 되도록 일을 하시다니…."

그 말에 내 눈에서는 눈물이 비 오듯 쏟아진다. 마치 애들이 "울어 봐. 울어봐. 우네. 우네." 하고 놀리면 정말로 울듯이 까닭 모를 서러움이 복받쳐 흐느껴 울었다. 의사의 말 한마디에 갑자기 내가 이 세상에서 제일 불쌍한 사람으로 전락한 듯한 서러운 눈물이었다. 친정엄마가 돌아가셨을 때만큼이나 서럽게 울었나 보다. 아마 수술에 대한 두려움과 아픔까지 합세해서 나를 슬프게 한 것일게다.

석회화건염이란 중년 이상의 여성들에게 많이 발생하는데, 최근 스포츠를 많이 즐기게 되면서 어깨의 통증을 호소하는 경우가 많다고 한다. 어깨 힘줄에 석회질이 생성돼 염증이 발생하고 통증을 유발한다고 한다. 그렇다면 과격한 운동인 에어로빅을 오랜 세월 해온 탓일까, 전업주부인 내가 그까짓 일 조금 더 했다고 이런 병이 생길 리는 없지 않은가, 물리치료와 약물만으로 안 될 때는 수술 없이 충격파 치료를 시행하여 수술에 버금가는 결과를 볼 수도 있다고 한다.

약물과 물리치료를 1개월간 했지만 결국 충격파 치료를 시작했다. 일주일 간격으로 치료받는데 온몸이 자지러지는 아픔이었다. 그런데 실컷 두들겨 맞고 돈을 줘도 아깝지 않은 건 그렇게도 심하던 통증이 눈에 보이게 호전되기 때문이었다. 세 차례 치료를 받았는데 거짓말처럼 완치되었다. 넉넉잡아 3주 정도 이런 방법으로 치료가 가능했던 것이었다. 정상인으로 돌아오니 새 삶을 사는 것 같고, 다시 세상을 다 얻은 기분이었다.

나는 이제야 내 몸을 찾았고 내 안의 소리를 들었다. 20년 동안 꾸준히 해온 운동으로 다져졌다는 자신감으로 내 몸만 믿고 간과한 것이 불찰이란 것도 알았다. 몸이 점점 굳어지는 나이는 생각지 않고, 나이에 비해 나는 날렵하다고 자만하면서 살아온 것을 돌아보는 기회가 되었다. 아무리 정신적으로 무장한 사람이라도 세월 앞에서는 잔재주에 불과할 뿐이라는 것도 알았다.

노화되었다고 폐차시키려던 자동차의 처지와 내가 무엇이 다른가! 이제는 차분하게 내 몸도 만져보고 두드려도 봐야겠다. 풀어진 나사도 조이면서 기름칠도 해야겠다는 생각을 해 본다.

창문을 여니 코발트색 하늘이 나를 포근히 감싸준다. 바람결에 시원스럽레 흔들리고 있는 나무들이 눈길을 보내온다. 초가을의 맑은 하늘에 조각구름 몇 점이 한가로이 떠돌고 있다.

문학의 길

발자국 없는 숫눈길이다. 흰 옥양목을 펼쳐놓은 듯한 세상이지만 문학교실로 향하는 발걸음은 가볍다. 내가 이 공부를 시작한 지도 벌써 만 5년이 되었다. 입문한 처음에는 수필을 겁도 없이 몇 편을 썼다. 그러나 교수님의 명강의를 듣고 수필이란 무엇인지에 대해 조금은 알 것 같은 뒤부터는 마음이 자꾸 자라목이 되어 움츠러든다. 수필이란 응축된 시에 적당량의 물을 섞으면 되는 줄로 알았다. 그래서 그냥 대수롭지 않게 생각했었다. 그런데 알고 보니 그게 아니었다.

나는 초등학교 때부터 일기와 시를 썼다. 책 읽는 것을 좋아하고 중요한 내용은 기록하는 게 습관이 되기도 했었다. 그것을 나중에 책 읽듯 읽어보는 것도 재미있었다. 노색이 짙은 지금도 일기와 가계부 쓰기를 생활화하고 있다. 어쩌다 거르는 날이면 학창시절에 숙제를 못한 것처럼 불안하다.

내가 쓰는 수필은 가볍게 읽을 수 있는 경수필이다. 책을 선택하거나 글을 쓸 때도 무거운 현실이 반영된 것은 읽거나 쓰지도 않으려 한다. 아마 내 글은 특정한 독자들을 위한 것일 수도 있다. 일단 한 번은 연필로 작성을 하고 몇 번 퇴고를 한 다음 컴퓨터로 옮긴다. 그 뒤엔 적어도 일주일이나 보름씩은 두고두고 본다. 시간을 많이 투자한 글일수록 문맥도 매끄럽고 후회가 덜 된다. 그러나 퇴고가 잘 이뤄지지 않은 글은 확실히 엉성하다.

나는 소녀시절에 이루지 못한 문학의 꿈을 이제야 이루게 되어 보람을 느낀다. 배움이란 평생을 통해 이루어진다는 것도 알게 되었고, 존재 이유도 알게 되었다. 그래서 뒤늦게라도 배움의 기쁨을 누리게 된 것이 얼마나 다행인지 모른다. 옛날에 못 배운 한을 이제라도 풀려고 글을 쓴다는 건 생각보다 쉽지 않다. 한 땀 한 땀 엮어서 하나의 작품이 되기까지, 그것은 아기를 낳는 산고에 비유할 만큼 고통이 따르는 일이다. 내 가슴 깊은 곳에 쌓인 언어에 아름다운 옷을 입혀 세상에 내보내기 위해선 개선해야 할 문제가 많다.

첫째 꾸준히 메모하는 습관이 필요한데 나는 그게 잘 안된다. 메모는 글쓰기를 향상 시키는 보증수표이기 때문에 앞으론 마음을 다잡아 메모할 것이다.

둘째 어휘력이나 표현력의 활용이다. 자신도 감동할 수 있는 글을 생동감 있게 표현하지 못하고 있다. 문장의 의성어, 의태어, 접두사, 접미어, 합성어 등을 맞춤법에 맞게 잘 쓰도록 최선을 다 할 것이다.

셋째 사전을 항상 옆에 끼고 뒤적이는 일도 잘 안 되고 있다. 정확한 문장은 정확한 언어에서 나오기 때문이다. 사전의 중요성 이외에도 개선해야 할 문제들이 많다. 앞으로 개선해 나가도록 할 것이다.

수필이 아무리 어려워도 이 길은 나의 삶의 목표이기도 하기에 계속 정진하리라. 나는 건강이 허락하는 한 문학의 길을 내 평생의 길로 삼겠다고 다짐한다.

훌륭한 교수님과의 인연을 행운이라 생각한다. 나는 졸업이 없는 만학도, 늦깎이 학생으로 남을 것이다. 문학의 길이 힘들어도 즐겁게 가리라.

융통성融通性

남편의 머리에는 하얗게 서리가 내렸다. 하지만 순발력만은 사철나무처럼 늘 푸르다.

인천 검암동 우리 집 앞 6차선 도로는 항상 혼잡하다. 우리 부부는 저녁 산책길에 나섰다. 신호가 떨어져 횡단보도를 건너는데 응급차 한 대가 주차장을 방불케 하는 차들의 중간에 끼어 앵앵거리며 애원하듯 울고 있다. 그러나 차들은 길 터주기 의무를 위반한 채 팔짱만 끼고 있다. 이를 본 남편은 눈에 불을 켜고 호루라기 대신 기차 화통 같은 목소리를 내며 즉흥적으로 교통순경이 된다. 두 팔을 번쩍 들어 1차선의 세 대는 횡단보도 좌측으로, 2차선의 세 대는 우측으로 빼주게 하며 길을 터준다. 눈물을 흘리며 통사정하던 응급차 운전자가 환하게 웃으며 힘차게 내달린다. 여섯 대의 차들도 원위치로 되돌아가 평온을 되찾는다. 응급환자는 4~6분이 골든타임이란다. 시간을 다투던 응급환자는 치료를 잘 받고 있을까,

딸기

방금 사온 딸기, 식탁위에 조신하게 앉아 있다. 키는 앉은뱅이로 20개월 된 내 손녀 주먹만하다. 선홍색 자태의 딸기는 막 시집 온 새색시 얼굴 같다. 그녀는 과일의 여왕이라 불리고 맛은 새콤달콤한 영양덩어리다. 또한 벌을 유혹할 만큼 달달한 향이다. 거꾸로 들어보니 꼭지엔 갓 낳은 강아지처럼 보송보송한 털이 있다. 그리고 열 한 개의 초록 잎이 왕관처럼 생겼다. 빛은 다이아몬드처럼 광채가 나고, 기름이 줄줄 흘러 종지에 받고도 남을 것 같다. 조심스럽게 만져보니 까칠까칠한 게 참깨 같은 씨가 손바닥을 간질이더니 불그레 물까지 들여놓는다. 새색시를 닮은 그녀를 더 부드럽고 달콤하게 나만의 비법으로 만들어 오래도록 곁에 둬야겠다.

나 어린 시절 고향 집 뒤란 딸기밭에서의 일이 생각난다. 군침을 삼키며 발을 들여놓던 순간 거기엔 커다란 뱀 한 마리가 맷방석 같이 똬리를 틀고 있는 게 아닌가. "엄마야!" 하고 소스라치게 놀랐다. 내 고함 소리에 녀석도 놀랐는지 금방 어디론가 자취를 감췄다. 녀석이 딸기 지킴이로 왔는지, 아니면 한 개 슬쩍하러 왔었는지 궁금증을 풀지 못한 채 그 후로 다시는 딸기밭 근처엔 얼씬도 하지 않았던 기억이 새롭다.

〈작품 해설〉

고난을 빨래한 인생의 새로운 해석

황송문

민병완 시인의 수필을 읽는 동안에 나의 뇌리에서 떠나지 않는 몇 마디의 말이 있었다. 그것은 “가난은 우리의 내부로부터 솟아나는 위대한 빛”이라는 릴케의 말과 박미란 시인의 “어둠에도 눈부신 노을”이라는 시구다.

민병완 시인의 수필 가운데 가장 두드러지게 나타나는 것은 효사상孝思想이다. 맹자가 말한 공경심恭敬心으로서의 예禮를 뜻한다. 어른의 말을 거스르는 법이 없이 순종함으로써 마을 사람들에게 “우리 며느리는 열 며느리 부럽지 않다.”고 한 시어머니의 말을 풍편에 듣는 게 그 실증이다.

민 시인의 수필 가운데 가장 감동적인 작품은 「어머니의 부엌」이다. 소녀 시절에 겪은 친정어머니와의 사연이 이를 여실히 증명한다

> ‘두부’ 하면 친정어머니의 모습이 떠오른다. 두부와 어머니는 비와 구

름 같은 사이다. 따로 떼어놓을 수 없는 불가분의 관계로 지금도 내 가슴속에 생생하게 남아있다. 반평생을 두부 장사로 등허리가 휘어지도록 고생하시다 가신 분이기 때문이다.

나의 유년시절 우리 집의 부엌에는 밥사발 대신 비지에 김치를 듬뿍 섞은 비지 밥이 있었다. '부엌' 이라면 가족을 위해 주부들이 맛있는 음식을 만들어내는 곳이어야 한다. 그러나 나의 어머니는 음식 솜씨와 바느질 솜씨 좋기로 유명하여 동네에서 큰일이 있을 때마다 뽑혀 다니며 큰일을 모두 해냈을 정도였음에도 불구하고 정작 우리 집에서는 식구들에게 먹일 맛있는 음식을 부엌에서 만들지 못하셨다.

가난이란 놈의 방해로 가족을 위한 행복의 공간이 아닌 살기 위한 수단으로 음식을 만드는 부엌 아닌 두부 공장으로 자리바꿈을 했다. 하루에 두부 한 틀 30모씩 만들기 위해 이 두부 공장의 맷돌은 쉬지 않고 돌아갔다. 어머니는 공장장이요, 맏딸인 나와 바로 아래 동생은 학교를 마치고 집에 돌아오는 대로 가방을 팽개치고 곧바로 직공이 되어야만 했다.

우선 콩을 깨끗이 씻어 물에 담근다. 여름에는 6∼8시간, 봄가을에는 10∼12시간, 겨울에는 15∼20시간 정도 불려야 한다. 어머니는 불린 콩을 맷돌 옆으로 가져다 놓는다. 나는 큰 함지박 위에 가지가 벌어지고 굵은 나무(쳇다리)를 걸치고 수맷돌을 놓는다. 숫쇠에 암맷돌을 잘 맞추어 놓는다. 준비가 다 되면 맷돌의 어귀에 콩을 한 국자씩 넣고 갈기 시작한다.

어머니와 나는 맷돌을 가운데 두고 마주 앉아 손잡이를 함께 잡고 돌린다. 두어 시간 맷돌을 돌리며 콩을 갈다 보면 팔이 끊어질 듯 아프다.… 콩이 갈려지기까지는 암맷돌과 수맷돌의 수많은 마찰로 이루어지는데, 마치 우리 어머니의 삶과 닮은듯하다. 긴 시간 동안 콩 갈기가 끝나면 커다란 가마솥에 넣고 펄펄 끓인다. 어머니는 청솔가지나 왕겨를 풍구로 돌려가며 거친 나무로 불을 때느라 눈물 콧물 범벅이 된다.

이 수필의 일부만을 소개했는데, 결말 부분은 다음과 같다.

두부 장사하는 어머니가 친구들 보기에 창피해 벌레 씹은 얼굴을 했던 내 모습을 지금도 그려보곤 한다. 어머니도 내 마음을 거울처럼 투명하게 읽었을 테지만 그 문제에 대해선 한 번도 얘기한 적이 없다. 행여 딸의 상처를 건드릴세라 말 한마디라도 조심스럽게 하시는 어머니였다. 어머니는 자신을 태워 어두운 세상을 밝히셨다. 마치 촛불처럼 당신의 심신을 불살라 가정을 지키셨다.

그의 「구사일생」이란 수필에는 제목처럼 6·25 전쟁 때 시아버지와 시누이를 잃었다. 일가족이 끌려가는 바람에 남편까지 몰사당할 순간에 시어머니의 기지로 3대독자인 남편이 살게 되었다는 얘기는 옷깃을 여미게 한다.

시아버지와 시누이 이외에도 수백 명의 양민들이 광덕산에서 총살당한 내력도 시의 날개짓을 줄이고 비교적 안존한 수필을 택한 원인 중의 하나인지도 모른다.

수필은 품위를 중시하는 장르다. 심적나상心的裸像, 마음의 옷을 벗는 것과 같기 때문이다. 어머니가 목화로 만든 솜이불을 많은 세월이 흘렀는데도 버리지 못한다거나 할머니가 외출하실 때는 으레 입으시는 흰 두루마기와 검정 조바위에서 품위를 감지한다. 수필 「흰 두루마기」 중 한 대문을 살펴보고

자 한다.

> 동지섣달 길고 긴 밤이면 『심청전』『춘향전』『옥류몽전』『이춘풍전』『장화홍련전』 등의 딱지본을 줄줄이 읽으셨다. 어쩌면 그리도 맛있게 읽으시던지 지금도 그 소리가 들리는 듯하다. 할머니는 훈장이신 할아버지의 배필답게 인자하시고 정갈하시며 품성까지 어지신 분이었다. 흰 두루마기가 풍기는 맵시와 우아한 모습의 할머니가 늘 자랑스러웠다.

나는 민병완 시인과 그의 모친에게서 호연지기(浩然之氣)를 감지할 때가 있었는데, 이 글을 읽으면서부터 감지하기 시작했다. 호연지기란 넓고 큰 기운이라는 말인데, 공명정대하여 한치의 부끄러움도 없고, 가슴이 탁 트인 도덕적 윤리를 가리키는 말이다. 민병완 시인은 남자 이름인데, 하고 이상하게 여겼었는데, 윗어른이 사주에 맞춰서 호연지기를 기르라고 그랬는지도 모른다. 할아버지가 서당 훈장이면 그럴만도 하겠다는 생각이 들기도 했다.

삼대독자인 남편이 구사일생으로 살아남은 핏줄, 그 후손이고 보면 눈에 넣어도 아프지 않을 정도로 애지중지하지 않을 수 없을 것이다. 여기에서 관심이 가는 작품은 「아침 한 술」과 「거꾸리」, 「손녀」 다. 우선 「아침 한 술」을 보면 그 유추 능력이 예사롭지 않다. 처음엔 "아들아이는 우유만 한 컵 마시고 출근했다. 밥을 한 술이라도 뜨고 갔으면 좋으련만 막무가 내다."로 시작하여 "문학에서는 겨우 아침밥을 한 술 떴을 뿐 허기도 못 면한 채 방황하고 있다"고 전이하고 유추한다. 그리고는 다음과 같이 피력한다.

> 나는 진실을 표현하기 위해 문학에 심취한 사람을 부러워한다. 문예 창작은 내 삶을 표현할 수 있고, 나 자신을 되돌아볼 수 있어서 좋다. 나는 소녀 시절부터 작가가 되는 게 꿈이었다. 문학에 대한 매력도 알게 되었고, 문예 창작에 대한 즐거움과 행복도 알게 되었다. 아침 한 술로 찾은 문학에 입맛을 더욱 살려 내 허기도 면하고, 내 글을 읽는 독자들의 허기도 넉넉히 채워줄 수 있었으면 좋겠다.

김소월 시인이 자기 숙모(계희영)의 영향을 크게 받은 것처럼, 민병완 시인도 자기 할머니의 영향을 받은 것 같다. 김소월 시인이 숙모에게서 「심청전」, 「춘향전」, 「장화홍련전」, 「옥루몽」, 「삼국지」를 구전으로 들은 것처럼, 민병완 시인도 할머니에게서 이러한 종류의 이야기를 구전으로 익히게 되었다. 비범한 기억력과 관찰력을 지닌 소월에게 숙모의 이야기는 꿈많은 소년의 상상력을 키워주는데 중요한 역할을 했다면, 민병완의 할머니 역시 꿈많은 소녀의 상상력 확대에 영향을 미친 것으로 보인다.

자손들로 인한 애환으로는 「거꾸리」와 「손녀」를 들 수 있다.

> '거꾸리'로 운동하다가 둘째 아들 출산 때가 생각났다. 큰아들을 낳고

회복도 되지 않았는데 동네 사람들이 쑥덕거렸다.
"저 새댁 또 임신했나봐."
"아기가 백일도 안 되었을걸?"
얼핏 그 소리를 들은 내 온몸에는 소름이 돋았다. 수다쟁이들의 입방아라고 귀를 막아버렸다.…의사는 청진기를 대자마자 얼른 산부인과로 가보라고 했다. 나는 반신반의하면서 산부인과로 갔다. 임신이 벌써 5개월이라고 했다. 더 놀라운 것은 아기가 거꾸로 있으니 병원에서 해산하라는 말이었다.
신파가 아기의 두 다리를 잡고 엉덩이를 철썩 철썩 철썩 세 차례 때리자 울음을 크게 토했다. 아기의 움음으로 온 집안이 축제 분위기였다. 둘째 아들은 자상하고 찬찬하며 인정도 많아 딸 같은 아들이다. 우리 부부는 거꾸리를 통해서 건강을 유지하는 편이다. -「거꾸리」 중 일부

이번 추석엔 손녀의 재롱에 혼을 다 빼앗겼다. 남편이 삼대독자라 아들을 꼭 낳아야겠다는 부담이 있었는데, 다행히 아들 둘을 낳았고, 셋째는 딸을 원했지만 마음대로 되지 않아 아들만 셋을 두게 되었다. 장손까지 남자만 다섯 명이 드나드는 집에 작년 4월 19년 만에 손녀가 태어났다. 둘째 아들이 안겨준 천사 같은 아기다.

이제 17개월 된 아기가 우리 집에 와서 재롱을 피우면 온 집안이 달디단 향기로 웃음꽃이 만발한다. 언제 어디서든 음악이 흘러나오면 기저귀를 찬 엉덩이를 씰룩쌜룩 웨이브까지 넣어가면서 버들강아지처럼 우쭐우쭐 춤을 춘다. 이 순간을 놓칠세라 온 가족은 아기의 눈높이에 맞춰 너도나도 지연(손녀 이름)이의 포로(청중)가 된다.…천진난만한 아기의 모습을 보면 새하얀 눈이 소복이 내린 아침에 맑은 햇살을 보는 듯하다. -「손녀」 중 일부

이 두 수필은 고난을 통한 행복을 말하고 있다. 고락병행苦樂竝行이요 고락상평苦樂常平이다. 괴로움이 있는 곳에 즐거움도 있기 마련이다. 해변의 돌이 밀물과 썰물을 만나 다듬어지지 않고는 조약돌이나 몽돌이 될 수 없듯이, 고난을 통과하지 않고는 인격자로 거듭날 수 없다는 경종을 울리고 있다. 거꾸리의 해산의 고통이 없었다면 손녀의 귀여룬 재롱도 맛볼 수 없는 것이다.

민병완 시인은 공자가 강조한 배움의 즐거움을 아는 사람이다. 배움을 즐기는 사람은 마치 엘리베이터를 타고 있는 사람처럼 고층으로 오르게 된다. 글(문예) 공부뿐 아니라 미술에도 심취했다. 그는 「글공부」에서 "내 가슴에는 문학이라는 씨앗이 숨 쉬고 있다. 농부가 이른 봄에 논밭에 씨를 뿌려 지극정성으로 가꾸어 가을이면 황금 들녘에서 알곡을 거두듯이 수필을 쓸 때마다 농부의 마음으로 쓴다"고 피력하는가 하면, 「수채화 캘리그라피」에서 "나는 요즈음 수채화 캘리그라피 배우는 재미에 푹 빠져있다. 나이가 들어가니 내 마음대로 쓸 수 있는 여가 시간이 많아진 덕분이다. 그 여가 시간을 새롭게 배우는 데 사용하게 되어 내 삶이 더 풍풍요롭게 된 것 같아 감사와 보람을 느낀다.… 수채화 그림과 붓펜 캘리그라피 글씨를 잘 배워서 황혼을 그윽한 향기로 채우고 싶다."고 피력했다.

샘물 하면 왠지 정겹고 친근한 느낌이 든다. 좋은 수필을 쓰고 싶은 갈증으로 밤을 하얗게 새우던 때가 한두 번이 아니다. 내 생각의 샘, 언어의 샘에서도 맑은 샘물 같은 단어들을 길어 올릴 수만 있다면 얼마나 좋을까. 사람들은 저마다 가슴속에 맑은 샘물 하나쯤 숨겨두고 있으리라.…아무리 떠내어도 마르지 않는 내 고향 샘물처럼 내 가슴속에서도 주옥같은 언어들이 솟구쳐올랐으면 좋겠다. -「바가지 샘」에서

온 동네 생명줄이었던 내 고향의 샘도 지금은 도시의 끝이 되어 간곳없고, 그 자리에는 높다란 아파트가 버티고 서있다. 그 물맛 좋던 샘물이 이제는 꿈에서나 마셔볼 수 있을지 모를 일이다. -「샘물 인심」에서

나는 요즘 발의 골절상으로 깁스를 하고 죄인처럼 근신중이다. 두 발로 활발히 다니던 나였는데, 지금은 네 발로 기어 다니는 것조차도 제대로 하지 못하고 있다.…오랜 세월 내 몸의 주인이면서도 말없이 나를 위해 궂은일을 다 해준 발의 고마움을 새삼 느낀다.

-「과적의 발」에서

어디선가 재잘거리는 새소리가 들린다. 가슴속 저 밑바닥까지 소나무향의 싱그러움으로 내 속을 꽉 채우는 듯하다. 해는 서산으로 넘어가고 도심 속의 공원은 깜박이는 가로등 아래 황혼의 아늑함이 있다. 이 여름의 초저녁을 아름다운 경치와 맑은 공기를 마시며 즐길 수 있는 게 과분하게까지 느껴진다. -「공원 산책」에서

평범한 소재를 평이하게 다루고 있다. 욕심을 부리지 않고 자연스럽게 전개하여 편안하다. 여기에 소개한 수필도 모두 작자의 신변에서 일어난 사연들이다. 훌륭한 수필은 신변잡사를 소재로 선택하되 신변잡기에 머무르지 않고 나름대로

인생에 대한 새로운 해석을 내리는 데 있다.

가령 「과적의 발」의 경우, 평범한 소재다. 발의 역할이나 기능을 모르는 사람은 없을 것이다. 그런데 그 많은 사람 가운데 그 작은 두 다리가 자기보다 훨씬 무거운 과적의 체중을 마치 종이 상전을 업거나 메고 다니듯 평생을 희생적으로 봉사하며 살았다는 순애殉愛의 발견이다.

각설, 민병완 시인의 수필은 고난의 험산에서 피어난 광명의 꽃이다. 그 꽃은 굴광성 식물로서 향양성向陽性으로 어둠에도 눈부신 노을로 상징된다.

민병완閔丙完

아호 : 계령啓領
충남 아산 출생으로 한국 방송통신대학교 국어국문학과를 졸업했으며,
서울 디지털대학교 문예창작학과를 졸업했다.
월간 『한국수필』 신인상을 수상했다.
계간 『문학사계』 시 부문 신인우수작품상으로 등단햇다.

저서로는 시집 『허무메우기』 『그래도 웃으시네』
시집공저 『빗방울 오케스트라』 『사금처럼 빛나는』 외 다수 있으며,
수필집 공저 『목요일 아침』 『꽃을 따라 온 별』외 다수 있다.

E-mail : minbw211@hanmail.net
http : //blog.daum.net/minbw
Mobile : 010-3211-6851

민병완 수필집

어둠에도 눈부신 노을

초판 인쇄 2024년 03월 05일
초판 발행 2024년 03월 12일

지은이 민병완
펴낸이 황혜정
펴낸곳 문학사계

우편번호 03115
주소 서울시 종로구 종로66길 20(계명빌딩 502호)
연락처 010_2561_5773

등록번호 제318-2007-000001호
ISBN 978-89-93768-71-8-03810

값 15,000원